@你，
正在被世界温柔以待

微雨 著

学苑出版社

图书在版编目（CIP）数据

你，正在被世界温柔以待 / 微雨著 . —北京：学苑出版社，2023.6
ISBN 978-7-5077-6682-0

Ⅰ . ①你… Ⅱ . ①微… Ⅲ . ①散文集—中国—当代 Ⅳ . ① I267

中国国家版本馆 CIP 数据核字 (2023) 第 096714 号

出 版 人：	洪文雄
责任编辑：	李　媛　王见霞
出版发行：	学苑出版社
社　　址：	北京市丰台区南方庄 2 号院 1 号楼
邮政编码：	100079
网　　址：	www.book001.com
电子邮箱：	xueyuanpress@163.com
联系电话：	010—67601101（营销部）、010—67603091（总编室）
印 刷 厂：	北京建宏印刷有限公司
开本尺寸：	787 mm × 1092 mm　1/32
印　　张：	9.5
字　　数：	178 千字
版　　次：	2023 年 6 月第 1 版
印　　次：	2023 年 6 月第 1 次印刷
定　　价：	68.00 元

自序

"凡间之事,美中不足,好事多磨,乐极悲生,人非物换,到头一梦,万境归空,你还去吗?"顽石曰:"我要去。"

我便如《红楼梦》中的那块顽石。

"美中不足,好事多磨,乐极悲生",这几个词乍听起来貌似都不太是好词,细琢磨,"美、好、乐"哪个不是人心所向?至于其中的"不足""多磨""悲生"无非是白璧上的微瑕,也正因为有了这些不足,人生才更加有滋有味,令人流连。

开门七件事"柴米油盐酱醋茶",人亦有七情"喜怒哀惧爱恶欲"。自己遇到的、看来的、听来的,每每有触动七情之处,用文字记述下来,是我多年的习惯。小的时候写日记,大一点儿写随笔,犹记得青春年少时买来喜爱的本子,写写画画,不久就写满一本。网络时代到来,放下笔改敲键盘,混过几年坛子后,

你，
　　正在被世界温柔以待

也跟随潮流开了自己的公众号，纯粹的一个自留地，单纯的记录思索、欢笑、泪水、迷茫。文字具有神奇的力量，引来了一些品味相投的朋友，能因了我写的一段话、一篇文章而同频共振，真真是一件非常幸福的美事。

　　一日，忘年交的好友说，把你写的东西整理出版吧。这个提议，恰恰契合了我对手捧一本墨香的执念，于是开始整理公众号。从2016年至今，除了小说和诗歌，杂文陆陆续续写了几十篇，十万余字。整理的过程，再次触动我的七情，文字也如酒一般，在时间的催化下，写时是一种心情，再读又别有滋味。这世界有那么多人，在茫茫人海中相遇已是奇妙，如果这些记录人间琐碎的文字，能够给读到她的朋友们，带去一点乐趣、一点触动、一点思考，我便又收获一些幸福了。

　　非常感谢学苑出版社，使这本书得以与广大读者见面。

　　该书出版，得到了一些朋友的鼓励，在此，一并表示衷心感谢。

微雨
2022年10月

目录

这世界有那么多人

亲爱的，以后请不要再叫我亲爱的 / 003
明明都是对的，怎么就那么讨厌？ / 007
这世界那么多人 / 012
什么样的女人拥有极致魅力？ / 016
只想做个手艺人 / 021
想和你再去吹吹风 / 026
从别人的眼睛里走出，渐渐活成自己喜欢的模样 / 031
有些人可以做朋友，有些人注定有跨越不过的距离 / 036
你的心，会在哪里柔软？ / 041
路边的歌者 / 044
妃子笑，也没能让我笑 / 046

行走在人世间

这世道，也谈谈借钱 / 051

恋爱人生 / 055

一条虫子 / 060

怎样才能成为一个见过世面的人？ / 066

生命中的相遇 / 070

桂林寻慢 / 075

没有手机的日子 / 079

一场关于法梧的对话 / 084

我们发发呆，它却让生命绽放出绚烂光彩 / 088

莫让明镜蒙微尘 / 093

懂与不懂，我都在这里 / 096

即使等不到繁花似锦，也定然能得一脉馨香 / 100

二十八九的女孩子恨嫁，三十八九的女人想离 / 104

月光下的莲石湖 / 109

生命就是下一秒的记忆 / 112

人生不惧苦难多，但有岁月可回头 / 115

养一株植物陪伴 / 119

松　堂 / 121

@你，正在被世界温柔以待 / 123

换个角度看世界

对不起，我没有时间和你撕　/ 129
换个角度，是一种妥协，更是一种方法　/ 134
姐妹们，远离毒鸡汤！　/ 140
妈妈们为什么总是不高兴？　/ 146
林花谢了春红，香犹在　/ 153
如若月亮就是一把直尺，谁人还会诗兴大发？　/ 157
坚持并不是件很难的事情　/ 161
老女人的少女心　/ 166

没考证就做了人家的妈

宝贝的选择，还你一个新的世界　/ 173
嘘！宝贝，谁也靠不住　/ 179
父母的危机意识　/ 185
妈妈，你的形象，不是你自己的事情　/ 190
让苟且不那么苟且　/ 195
静待花开，你可知道花儿需要怎样的努力　/ 201
借用一下南航的广告语，高度决定未来　/ 206
凡事都要受到惩罚才可以提高自己　/ 213
拉小提琴比吃冰淇淋快乐一百倍？　/ 219

你，
　　正在被世界温柔以待

爱的滋味

珍珠与死鱼眼珠子　　/ 227

这样的爱情，请给我来一份　　/ 232

爱情，能否高级一点　　/ 236

恋一座城，为一个人　　/ 241

如果逃不过情劫，请在最后一刻给自己留一丝尊严　　/ 248

唯她，许你三生三世　　/ 254

人生怎能永远如初见　　/ 260

你只是你，万千烟火中的一朵　　/ 265

记忆里的烟火

又逢佳节至，最忆是端午　　/ 273

爸爸，生日快乐！　　/ 277

年味儿拾英　　/ 282

她和她和她　　/ 285

泡坛子的日子　　/ 289

这世界有那么多人

这个世界有八十亿人口,而我们每个人,就仅仅是八十亿分之一而已。所以,遇到谁,都不奇怪,遇到谁,又都挺奇怪。有的人给我们带来暖暖的爱意,有的人给我们留下深深的伤害,有的人走着走着就散了,有的人,明明感觉已经离开了很远,一回头,他还在那里……

亲爱的，以后请不要再叫我亲爱的

隔壁部门新来一个姑娘，一点儿没有新人的拘束，见面不像别的同事称呼名字或者某姐，而是"亲爱的"。"亲爱的，你今天穿的这条裙子真漂亮，衬得你腰身特别细。""亲爱的，我昨天逛街新买了条牛仔裤，好看吧？"姑娘给人感觉亲切又喜庆。

一天，我们领导不在，姑娘咻溜溜进我们办公室。

"亲爱的，中午去吃杨国福麻辣烫吧，餐厅的饭早吃腻了。"

"咱们附近好像没有杨国福呀！"

"国贸有一家，特好吃。"

"那里挺远的，来得及吗？"

"开上你的小车，肯定来得及！"

姑娘的计划果真很精确，两个人开车跑到国贸，匆匆吃完再返回单位，午休时间刚好结束。

一上班，我支付宝接到姑娘打来的餐费，她的一份麻辣烫，一分不差。

这样的事情又复制了几次，有一天，我无意间发现，单位楼下不知何时新开了一家杨国福麻辣烫，我赶紧微信姑娘："亲爱的，咱们楼下新开了一家杨国福！"

姑娘回复："三天前我就看到了。"

一周后，我独自到单位楼下的杨国福吃了一次，嗯，连锁店，味道果真没有什么差别。看着车里那几张 10 元面额的国贸停车场的停车费，我呵呵了。

不吃杨国福很久了，有一天姑娘突然微我："亲爱的，我看你们领导在，你过来找我一趟呗。"

见了面，姑娘甜甜的声音开始了："亲爱的，我拿到车号了，想买一辆你那款车车，给我讲讲呗。"

倾其所有，我把知道的都告诉了姑娘。临了，姑娘嘱咐："亲爱的，记得回家把你的购车合同、发票拍给我啊！"

晚上到家，正在跑步机上跑着步，姑娘的微信来了："亲爱的，合同、发票。"

翻箱倒柜，找出来拍了照给姑娘发了过去。

姑娘微信："亲爱的，第三张保险的发票看不清楚呢。"

重拍重发，姑娘微信又来："亲爱的，赠品除了你说的那些，还有别的吗?"

姑娘所在的部门领导一直空缺,最近她负责的工作要认证,需要单位全员配合,全部参加考试,低于90分的罚款500元,不能参加者需请假,后面安排补考。

考试当天,姑娘在工作群里提醒大家按时考试,随后又补上一条,不参加考试又不请假的要罚款500元人民币。

离考试还有十分钟,监考的领导对姑娘说,发卷子开始吧。

姑娘答曰:"人不齐,某某某还没来。"

某某某?那不是和姑娘同一个办公室就坐在姑娘隔壁的同事吗?

"某某某请假了",和姑娘一个办公室的另外一个同事回答。

"某某某他没和我请假,我也没接到院长关于他请假的电话。"姑娘回答,一脸的义正词严。

我耳边响起姑娘刚来时常常在走廊里呼叫"某某某,我的电脑出问题了,快来帮我看看"的声音。

晚上到家,刚刚脱掉踩了一天的高跟鞋,姑娘的电话来了。

"亲爱的,我的车车到了,今天来给安装了充电桩,他们打电话说充电的那头是个充电枪,可是,我没明白充电枪是个怎么回事。"

我回答:"不是已经安好了吗?你打开看看,试一试就知道了。"

"亲爱的,我已经上楼了他们才给我打电话,可是我一直想不明白,你把你的车的充电桩、充电枪拍个照给我看看呗!"

"亲爱的,对不起,我也上楼了,而且,我这会儿正忙。"我挂断了电话。

亲爱的,以后请不要再叫我亲爱的。

2016 年 7 月

明明都是对的，怎么就那么讨厌？

偶然听到两个小姑娘聊天。

"最讨厌跟我爸出门！"

"我也是！"

"好不容易逛次街，刚提出想吃个冰淇淋，我爸就会说，别吃了，垃圾食品，不好，不如去吃碗拉面吧！"

"对对对对，我老爸也是，出去吃次饭吧，我想要瓶饮料，平常在家都是喝白开水啊，眼睛还没在饮料上流连一会，他立即就会说，饮料千万不能喝，那么多防腐剂、添加剂……"

"全球每天数亿人吃冰淇淋，没见哪个因为吃一次就死掉，也没见哪个小朋友喝一次饮料就骨折！"

呵呵，两个小孩儿愤愤然啊，越说越苦大仇深的模样。

什么？想说两个小屁孩儿不懂事，不知道大人是为她们好？那么，你是成年人，告诉我，有没有听起来明明都是对的，却觉得很讨厌的时候？（敢说你没有吗？）

有个朋友，做了很多年全职妈妈，终于鼓起勇气迈进职场，最初的几天兴奋过后，不适应表现出来，向我倾诉。

"公司里有些制度明显不合理嘛，我只是迟到了5分钟，就要和迟到半小时的人一样扣200块钱啊！那个人力处长，眼睛都长到天上去了，跟她说话爱搭不理，仗着长得漂亮了不起啊？"

"你迟到了就是迟到了，公司规定就该执行，人家能做到人力处长，肯定不单单是长得漂亮，你要先好好反思一下自己身上的问题……"

"我再也不要和你说话了！"朋友转身气呼呼地走了。

剩下我在风中凌乱，我说错了什么吗？

辛苦加班终于完成了报告，小A审查了三遍才敢交给领导。

领导迅速看完："这序号都错了，'3'出现了两次，都没发现吗？"

"对不起，我马上改。昨天晚上熬得太晚，前后改了很多遍……"

"这后面和前面矛盾，这么明显，你都没有看出来吗？"

"改的遍数太多了……"

"我要的是结果,你的过程再辛苦,没有达到我要的结果,有意义吗?小A,你是年轻,可是参加工作了就是个职场人了,做事情要细致,更要动脑子……"

小A转身离去。

"这是什么态度,现在的年轻人怎么自己做错了事还这么张扬,不知好歹……"

如果你想说,忠言逆耳,良药苦口。

那么,忠言可不可以换个不逆耳的方式?良药苦口,药厂不是在想尽办法避免或减轻吗?比如糖衣,比如胶囊。

忠言的目的是利于行,良药追求的结果是治病,而不是让对方讨厌,让对方不爽。

有人说,情商高就是会讲话。

有人说,所谓素养就是不给人添堵。

生活中太多这种语言,说出来一番好意,听起来明明都是对的,可是对方就是不买账。

孩子逆反,朋友翻脸,同事嫌烦。这些话语重心长、全无恶意、明明都对,可听起来为何就是那么令人讨厌!

读研究生的时候,有位导师每次和我们相聚都会说一句话"人都是有感情的动物"。当时心里就觉得他矫情。工作后随着阅历的增加，逐渐体会到这句话的深意。

冰淇淋和饮料含添加剂，对身体不好，大一点的孩子其实都知道，只不过在逛街、外出吃饭这种特定的场合，她想放松一下，她真正在意的可能并非是冰淇淋和饮料，而是父母的态度。如小姑娘所说，全球那么多人，没见谁吃一次冰淇淋喝一瓶饮料就立即死去，所以偶尔放松一下收获温馨快乐的亲子体验，应该也没什么问题，或者，换一种说法，让孩子自己去选择，或许会有出乎意料的结果。

迟到五分钟和迟到半小时同样是迟到违规，人力处长漂亮的脸蛋本身与HR工作无关，朋友作为一个成年人这样的道理一定是知道的，她可能只是想听我说："就是，你送完孩子再上班迟到难免啊，她长得漂亮，没关系，咱好好干，干出成绩看她还瞧不起人不！"吐槽完，她应该会反思，第二天一定会提前五分钟到。

工作出了差错，尤其是那种责任分明的，一般当事人的心理感受都是愧疚自责，这时候最好的安慰是宽容和理解，如果没有，无须多言，她（他）自然会去改正和弥补。即使真的意识不到，找个合适的机会，换种交谈方式，应该会更有效吧！任何事物的蜕变、事情的发展、人的成长都是一个过程，不是一番语重心长、正确无比，却根本进不了耳朵的话可以一蹴而就的。

人活着，与正确同样重要的，还有一个词，叫情趣，就是情绪和趣味。讲话需要照顾对方的情绪，生活需要增加一些趣味，没有人喜欢看着一张严肃的面孔聆听说教,也没有人喜欢被人一针见血挑剔出缺陷。

  语重心长定然抵不过如沐春风,
  正确无比终究敌不过心悦诚服。

  怀着同理心,引导对方高高兴兴听你说话,心悦诚服接受你的建议,你才真的是高人。

2016 年 7 月

你，
正在被世界温柔以待

这世界那么多人

小 勇

当年我毅然决定辞职考研后发觉生计是个问题,于是开了一家小型西餐店。

来送货的人里有个男孩儿,第一面就给我留下深刻印象。"姐,我叫小勇,以后有用得着我的地方您尽管说话。"小勇不但嘴甜,而且手脚勤快特别麻利,不像其他送货员卸货收钱掉头就走,而是细心地帮我把一包包香肠、牛排整齐码进冰箱。一边码货,一边跟我闲聊,询问我哪种香肠口味卖得好,牛排顾客有什么反应,等等。

小勇离去,我恰巧要办事出行,刚走了一段,就看到一辆送货的小面包倒回来停在我身边，小勇下得车来："姐，我在后视镜看到您出来了，去哪里，我送您一程。"

半年后，我收到小勇的短信："姐，我已经离开某公司了，现在我自己开了一家西餐配料工厂，明天我去拜访您，给您送点儿货您先免费试试，多给我们提提意见！"

一年后，不仅仅是我的店，当地西餐店已经差不多有40%用的配料是小勇厂子的产品了。

或许最初雇佣小勇的那家西餐配料公司的老板已经哭晕在厕所，破口大骂小勇这个狼子野心的白眼狼，但是，我要说，勤奋好学、诚实守信、谦虚礼貌的年轻人，更容易得到机会，这是事实。

珊 珊

珊珊是个美丽文静的女孩儿，大眼睛圆脸蛋，在党办工作。我们就每日看着她静静地处理一些文件，发放一些通知，轻轻地走过，柔柔地笑着。我心想，这样的女孩儿即使做花瓶也是个讨人喜欢的花瓶，遇到个爱她的男子嫁了就这样岁月静好过一生，也很幸福。

一日偶然心血来潮，想让女儿受点教育，于是买了东西带女儿到市儿童福利院去看望孩子们。操场上，一群孩子正围着一个姑娘，姑娘美丽的大眼睛含着笑，声音轻柔地读着："在海的远处，水是那么蓝，像最美丽的矢车菊花瓣，又是那么清，像晶莹的水晶……"竟是珊珊！

没舍得打扰她，院长告诉我，珊珊每个周末都会到福利院来，给孩子们读故事，陪他们一个下午……

很多人和事并不像我们看到或想象的那样，很多人心里想要的，看中的，和我们自己在意的、看中的并不同。

美丽又心地善良的姑娘，总是让人尊敬和喜爱的。

小 夏

小夏姑娘90后，嘴巴甜，有眼力见儿，在家人九曲十八弯托亲戚朋友费尽九牛二虎之力下进了二线城市一家国企，可是国企看学历，小夏姑娘只是个大专，所以得到一个可有可无的岗位，工资也低得可怜。

小夏姑娘有个崇拜的明星偶像，每天的乐趣就是看偶像的各种消息，每天的烦恼就是怎么用可怜的钱尽可能把生活中的一切搞定。因为她不但要养活自己，还有家里的一份责任需要承担。利用业余做微商、兼职，虽然所得非常有限，但聊胜于无，小夏姑娘这么想。

小夏姑娘不着急找对象，因为她知道现在低价值的自己也招不来多有价值的男朋友，她想丢了这根鸡肋出去闯荡，可是在家人眼里这根鸡肋是个宝地,就觉得一个女孩子待在这样的国企,找个有房子的男朋友嫁掉是最好不过的归宿。

心里有梦,又不想忤逆父母,不过,小夏姑娘乐观,毕竟年轻,再等几年,积蓄力量,寻找机会。

曦 曦

认识曦曦是工作原因。因为同为创业者服务,所以有所交集。

曦曦白皮肤,大眼睛,笑容甜美,说话客气周到,遇到问题总能耐着性子一步步解决,作为一个最基层的服务者,我觉得她很不错。看着小小个子的曦曦,我偶尔会想,生活在北京这样的城市里,做着如此平凡的服务工作,下了班后的曦曦,会不会像小夏姑娘一样为了房租、新衣、喜爱的偶像都需要花钱而觉得郁闷?我没有找到答案,因为曦曦的朋友圈里,除了工作,还是工作。

偶尔有一天,曦曦的朋友圈里发了一条关于她自己的消息,才知道曦曦喜欢唱歌,才知道工作中说话周到的曦曦原来性格内向。现在曦曦要圆自己的梦想,挑战在两百人面前开演唱会。朋友们帮忙卖票租场地,为曦曦圆梦。

活动现场,来的人不止200,当曦曦一曲结束观众热烈鼓掌时,我看到曦曦眼角晶莹的闪烁。

2016 年 8 月

| 你，
　　正在被世界温柔以待

什么样的女人拥有极致魅力？

闺密、朋友、同事、领导、客户、路人……

一路走来见到各种女人，有装扮精致着装时尚的大美女，有不施粉黛素颜可爱的小女子，有能力超群风风火火的女汉子，有大大咧咧爽朗有趣的女神经……各有各的风情，各有各的俏丽。只是，静下心来略一思量，发现有两位女子样貌虽不是百里挑一，却深入我心，虽不常见，却时时想起，莫名在心底给她们留了位置，这，又是为何？

让人忘不掉的，自是魅力女人。

默默地把她俩思量了个遍，妄图从中发现这魅力的奥秘。

G，青年小提琴演奏家一名，吸引我的除了她高超的琴技，还有她给学生上课的情景。

只要学生一来，她的眼睛里就满满全是爱意，耐心聆听每个孩子发出的声音，细心地一点点指出，一次次示范，即使遇到不太灵光的小孩子，一遍遍重复也不明白，她也始终柔声细语面带微笑。

去看她演出，登上舞台的她美丽自信，闪闪发光。作为首席优雅地带着乐队调弦对音，深情投入地翻飞弓弦、礼貌地和指挥沟通交流，欣然接受观众的鲜花掌声。

她珍爱每一次演出，从不敷衍；

她认真上每一节课，从不偷懒。

每天打扮得清清爽爽，演出、教学生，排练演出她在拉琴、上课带学生她在拉琴，演出落幕下课结束，回到家里，她还想着拉琴。

私下闲聊：

我说某某剧正在火爆，她说不知道没看过；

我说某某事件热搜第一，她说不知道没注意；

我说某某APP功能很强大，她说貌似自己用不到；

我惊诧地问她，你的时间都用来干吗？她说有时间就想练琴；

我说人生应该丰富多彩，她说能拉琴就足够。

我说：世界那么大，你不想去看看？

她说：在琴声里，自己看到了全世界。

D，牙齿正畸师一位。

认识她源于我带母亲去看牙。

原本我对医院医生非常抵触，因为多数工作人员都是不耐烦和冷冰冰，貌似你对自己的身体没有发言权，你问的每一个问题都是白痴。

D是那么不同。

她说话口齿清晰语调平和，主动告诉我们我母亲的牙齿出了什么问题，她的技术可以做到什么水平，有什么不同方案我们可以选择。我犹豫着提出一些疑问，她不仅耐心回答，遇到专业术语还转换成生活中的事物来比喻以增强理解。

操作起来有条不紊，每一个器械每一个步骤让人感觉她已了然于心，驾轻就熟中透露出一份优雅，躺在牙椅上的那个人听着她清晰温和的话，看着她的一举一动，心里就莫名踏实。

这充其量只是个好医生，并不能让我觉得她多么有魅力。

由于她的好态度，优秀的专业表现，我们全家几乎都选择她来看牙，以至于我工作变动到千里之外，遇到牙齿问题依然千里迢迢跑去找她。

认识得久了，经常看她的朋友圈，她分享的内容只有两大块，一小部分是健身心得，一大部分是专业的牙齿健康知识。

有一次看牙，一个等待的小女孩儿凑过来好奇地看她操作，不停地问这问那，D用好听的声音一一耐心解释。

小女孩突然说："D医生，这么多牙齿又丑又臭，你天天看它们，不觉得恶心吗？"

我心中一惊,心想D会不会不好意思或者生气?

"没有啊,其实你想想,通过自己的努力可以把这些牙齿变健康、变整齐、变漂亮,不是件很开心的事情吗?"D回答得轻松、自然。

我寻找她俩身上的共同之处,都是高学历?都是高收入?都是温柔婉约派?都在不经意间流露着优雅?

又觉得这些只是表象,不是根源。

忽然间,我恍然大悟。

她们的魅力根源在于,都是专注的女子!专注于把一件事情做好、做精、做到极致。

身边工作的朋友,谈起工作大多的言语口气都是嫌累、嫌烦,一千个不满意,一万个无奈何,十万个不得已。身边做全职太太的闺密,却大多又是满脸的失落、满腹的牢骚、满心的烦恼。

我们不热爱自己的工作,不喜欢自己的生活,不满足自己的现状。

我们的选择只是为了生存,我们四处比较,患得患失,焦躁难耐,所以,我们不淡定、不从容、不大度、不温和。

专注于一件事情的女子,恰恰相反。

因为专注,耐心和思考少不了,耐心使人心境平和,思考使人头脑灵活,所以温和、大度、不急不躁。

因为专注,才能发现事情深层次的奥秘,体味其中独有的乐趣，为之迷恋、为之努力，精神世界得到满足，自然忽略其他世俗的欲求，所以心中充满热爱，举手投足流露优雅。

因为专注，所以可以做到极致，在一个领域把一件事情做精，自然有了安身立命的根本，不必患得患失，独立自信随之而来。

因为专注，所以心无旁骛，没有精力、时间、心情去关注花边八卦、家长里短，自然少了一般女子的市井俗气。

这样拥有一技之长，聪颖大气、单纯温和、心思专注于一件事情上的女子，真的具有经久的魅力。

2016 年 8 月

只想做个手艺人

一路走来，崇尚、艳慕的人很多。

幼年时崇尚教师、护士，默默奉献造福他人；羡慕大明星，光环耀眼。青年时推崇学者，博闻强识令人叹服；崇拜企业家，叱咤风云推动进步。

走到如今，内心深处，只渴望做个手艺人。

刚毕业时做过几年教师，深知在默默奉献的同时亦要遭受职称评定、荣誉争抢的困扰；后来进入世界500强的高科技企业，又见识了太多为了名利忙忙碌碌的专家学者。

用脚指头想想，也知道企业家难免浮躁，利来利往起起落落。每日铺天盖地的八卦新闻，也能体会明星心累，不红的时候不择手段挤破头想红，红了，太多关注、太多粉丝，不敢做真正的自己。

只有手艺人，踏实，淡然。

这种领悟，来自一位制琴人。

记得第一次见他，是在学院僻静一隅的一个小屋，门口有一株紫薇，夏末，开得正好，清雅细琐的紫色花朵在细雨里格外明艳。一个身穿蓝色围裙的老先生坐在门廊下的藤椅上悠然地吸着烟，望着雨中的紫薇出神。

看到我和涵涵，他立即站起身来，满面微笑着打招呼，引导我们进屋。

小屋不大，不到二十平的样子，满满当当，墙上挂满各种工具和马尾，当然，还有大提、中提、小提各种琴。屋子中间摆着茶案，精致玲珑的茶具透露着主人的闲情雅致。

老先生接过涵涵的琴，在工作台旁坐下，一边和涵涵逗着乐，那幽默风趣把涵涵逗弄得小脸溢满快乐。

我静静地坐在一旁看他灵巧地把新的琴弦换上，给纤细的 A 弦加上一个小小的保护管套，在琴马的部分贴上一片 1 毫米左右的真皮，又轻轻挪动音柱的位置……

然后，他轻轻拉动琴弦，一串曼妙的音符行云流水般倾泻而出，如玉珠、似天籁，这功力，绝不下几十年。

我无法掩饰自己的惊讶，忍不住悄悄发微信向介绍我来的闺密询问老先生的经历。

老先生幼年因为突出的音乐才华被选送到中国最高音乐学府

的附小，从钢琴到小提琴，他最终选择了制琴。那个年代，西方人眼里制琴的是大师，中国人眼里，拉琴的可以获奖，可以授课，可以评职称做教授，制琴的却只能做职工。而他，在那个年代就知道，要遵从自己的内心，跟着自己的心，做出选择。

如今，就在这一隅，多少国内顶级演奏家登门拜访，口里呼唤着大师，只期待他的巧手给自己手中价值百万千万的琴赋予更加迷人的魅力。

琴调完了，我询问如何收费，老先生笑呵呵地说："不要钱，学琴的孩子都不容易，家长更不容易，涵涵，要好好练琴，也别忘了玩儿，回头你带上小铲子、我带上你，咱爷俩进山考古去！"

自此，涵涵提起老先生就满心喜悦，练起琴来也感觉轻松快乐了不少。

偶然的机会，得以和老先生及一些音乐界的教授一起吃了几次饭。

我悄悄观察，发现他每次必定把自己放得低低的，一边听教授们发表高论，一边微笑不语，却记得及时为大家添酒加菜，谁不经意说句喜欢吃什么，那道菜必定时时出现在面前。

待饭局散后，大家都走了，我执意要送他，跟着他穿过街道，在停车场里，看到了他的坐骑——一部漂亮的大奔。

那天，加了老先生的微信，翻看他的朋友圈，原来老先生还是个骑行爱好者,假期里跟随一群驴友上草原,下戈壁,很是自在。这让我想起《庄子》里说的:夫至人者,上窥青天,下潜黄泉,挥斥八极,神气不变。不必至人,对生活、对自己了然于心,足矣。

曾经,酷爱李白,喜欢"长风破浪会有时,直挂云帆济沧海"的豪迈,喜欢"天生我材必有用,千金散尽还复来"的潇洒。后来才品味,所谓"力士脱靴""贵妃研墨",这一段段佳话传说中,狂傲不羁、蔑视权贵下掩藏的也不过是对强烈权欲的压抑,不过是争宠吃醋出风头的媚俗,不过是与人较劲、睚眦必报的狭隘。

曾经,鄙夷王维,藏于庙堂,身居高位,那些诗只不过是虚伪的掩藏,表演的道具。如今,却爱极了他的《辛夷坞》。

  木末芙蓉花,山中发红萼。涧户寂无人,纷纷开且落。

让自己的心,安安静静去细细品味生命赋予的每一个细节,自由呼吸自然给予的每一缕空气。

不用去追逐我不喜欢的人,不用去敷衍我不想做的事,那份踏实,那份充实,那份无欲无望的满足,那种不急不躁的享受,只有一个真正的手艺人才可以活得如此洒脱、如此智慧吧!

因为只有爱上一门手艺,才能让自己的心静下来、沉下来,忘记纷扰、忘记浮躁，全然沉浸其中。

只有手艺人，在历经坚实的努力，不断攻克自我的淬炼，自信已经掌握一门技巧，凭借自己的智慧、经验、双手，可以理直气壮地获取自己所需的物质，又深知自己内心所需、所想、所喜、所爱，所以看淡一切名利、忽略一切眼光评价，只需面对自己的心，静静享受生命的时光。

有个朋友说，写作是门孤独的手艺活。

很喜欢他的这个说法。

我知道，离掌握这门手艺还有很远的路要走，只是我愿意，倾尽心力，去做一个手艺人。

2016 年 12 月

你，
　　正在被世界温柔以待

想和你再去吹吹风

想和你再去吹吹风
虽然已是不同时空
还是可以迎着风
随意说说心里的梦
…………

喜欢听歌吗？我喜欢。

一开始听歌，纯粹为了听而听，直到有一天，一首歌唤起一段回忆，想起一个人，方才知道，喜欢听的歌，很多很多，旋律风格对口味即会喜欢，而爱上一首歌，多半是因为那歌词，契合了生命中的某段经历，叩击了心底沉睡的某根神经，唤醒了某个在生命中烙了印的记忆。

第一次听到《想和你去吹吹风》，是毕业后的第四年，泪水悬而欲滴。

我的姓比较少见，读书时班上四十几个同学，有个男生偏偏和我同姓，恰巧又比我大一岁，没有爱情，就是聊得来，他喜欢我同宿的女孩儿，却迟迟不敢开口，我校外有个男友，却遭遇各方阻力，原本就多愁善感的我于是常常忧郁低沉。

校外有一片农科院的试验田，有白杨林、果树园、芦苇塘，那时的天很蓝，风很暖，芦苇很绿，试验田间的天然小径散发着泥土的芬芳。

每每不开心，他总会及时出现，看我一眼，努一下嘴巴，我知道，那句台词是"出去走走"。

两人多数是不说话的，出了校门也默契地左转，朝着试验田走去。

进了试验田，他会说，看，那根芦苇真高，绿得发亮；瞧，小桃子中那颗最大，一定是比别的桃子更努力地长大；或者随手拔一株样子别致的草递到我手中，让我把玩。

更多的时候是两个人都不说话，就那样默默地走，感受空气的自然，土地的坚实，风的柔软。

走完，回到教室，继续上课，我的烦恼忧愁就会缓解不少。

同学们并不觉得他和我特别亲近，因为并不见我和他常在一起聊天说话。我心里却知道,有这么一个人,哥哥般可以信赖。

自从和同宿舍的姐妹热热闹闹地过了第一个生日,此后的三年里,每到那一天,他必定会递给我一个包装精美的礼物,一挂风铃、一副字、一个摆件……

毕业了,我只顾着和同寝的姐妹痛哭流涕,体会同窗别离,却不记得还有他。

毕业后,分开的头几年,在那些还没有快递的岁月里,偶尔会收到他写来的信,每年的那个特殊的日子,还是会收到他寄来的礼物。

投入工作,成为一个社会人,经历的事情绝不仅仅是受阻的爱情,多愁善感的性格在叵测复杂的人际关系中、忙碌繁苛的工作中,一而再地显现出来不适应,于是在写给他的信中,倾倒悲苦,他回信劝我云淡风轻。

日子那样过着,我从没有觉得有什么。

第四年,满怀梦想的心终究不肯继续过需要日日忍耐的日子,我鼓足勇气辞了职,换了地方。

那一年,手机还是奢侈品。

新环境如鱼得水,纷沓而来的荣誉让我的日子充满轻松喜悦,我努力工作着,忘记了周围的眼睛。

那天，从校长办公室走出来，心情却完全变了滋味，校长的话还响在耳边，"我知道你并不在意，但是她们针对你的那些言行，那些由于嫉妒你的优秀而产生的不得体行为，我早已看在眼里，我会想办法处理。今天告诉你这些，希望你不要有压力和负担"。

回到家，空空的屋子，简单的陈设，除了我，没有再会喘气的生物。突然一种强大的孤独感攥紧了我，打开常常喜欢听的电台，我想从音乐中让自己逃离。

张学友低沉而富有磁性的嗓音传来：

想和你再去吹吹风

虽然已是不同时空

还是可以迎着风

随意说说心里的梦

感情浮浮沉沉 世事颠颠倒倒

一颗心阴阴冷冷 感动愈来愈少

繁华色彩光影 谁不为它迷倒

笑眼泪光看自己 感觉有些寂寥

想起你爱恨早已不再萦绕

那情份还有些味道

你，
　　正在被世界温柔以待

  喜怒哀乐依然围绕
  能分享的人哪里去寻找
  ……

  突然想起校外的那个试验田，那绿色屏障般的芦苇塘、繁花似锦的花果园、高大茂密的白杨林，还有那个他，那个曾经默默陪我走路陪我吹风的人，那个什么也不必说就能分担我痛苦忧虑的人，在时间的长河里，在琐碎的生活中，在追梦的路途上，我弄丢了他。

  很想和你再去吹吹风 去吹吹风
  风会带走一切短暂的轻松
  让我们像从前一样安安静静
  什么都不必说你总是能懂

有没有那么一首歌，在某个夜里，也在叩动你的心弦？

2017 年 1 月

从别人的眼睛里走出，
渐渐活成自己喜欢的模样

F，高中时成绩不佳，拜托邻居一个学霸姐姐蔷薇辅导功课。随着成绩进步F对蔷薇由仰慕到爱慕，却因忧虑自己的成绩能否考上大学，而将爱慕深藏于心。

F高三，蔷薇考入南方某重点大学。两人依然保持通信，谈人生、谈理想，蔷薇顺道给F一些课业上的指导。远方的蔷薇成了F最大的动力，为了可以和心爱的人比翼齐飞，F刻苦攻读，终于考入一所普通大学。

进了大学门的F已经无法压抑心中深藏已久的爱慕，随即写信向蔷薇告白。结果，求爱信如石沉大海，蔷薇并没有回复只言片语。F觉得，蔷薇虽然没有回复，也并未明确拒绝，决定坚持写信展开追求。

一直持续到大三，终于在一个暑假得知蔷薇回家的消息。

F决定对自己多年来的感情做个了结，约了蔷薇见面，并准备破釜沉舟——求婚。

蔷薇拒绝了F的求婚，把F几年来所写情书悉数退回，并告诉F，他的二流本科离她的重点大学太远了，而且她准备考研，她要找的是一个名牌大学的博士，不是他。

F没再纠缠，自此与蔷薇成为路人。

然而，仿佛被人下了魔咒一样，F开始发奋学习，人生只剩下一个目标——考研、读博。

功夫不负有心人，两年后，F考上了一所211大学的研究生。

研究生毕业，F参加了工作，一边工作，一边心心念念要考博，在考博与工作间苦苦挣扎。

工作的第二年，F家里遭遇变故，遇到了另外一个只有高中学历的女孩儿M。M温柔聪慧、善解人意，给了F极大的支持和鼓励。

F和M结了婚。

婚后，妻贤子孝，F把心思用于工作，工作逐渐顺心，闲余又把放弃很久的爱好——篆刻重新拾起，读史书，刻印章，心思清明自得其乐。

偶一日，F收拾旧物，翻出当年蔷薇返还的情书，忽然想起曾经令自己恨意难平的那个人，想起曾经念念不忘一定要考博的心魔。忽然明白，M才是他需要的伴侣，如今的日子才是他想要的生活。

至于考博，早已忘记；至于蔷薇，原本的恨意，也早已化作感激。

朋友Z，二十年前二流院校大专毕业，虽然学历不够亮堂，但人够灵活，也能吃苦。很快在一家咨询公司站住脚，因为课讲得风趣幽默，甚得学员喜欢。

一年后，公司新入职一培训老师H，课讲得木讷乏味，多次被学员轰下讲台。

Z禁不住心里微微得意，吃饭，还得凭本事！

偶然一次机会，Z发现他心里认定的资历浅、能力差的H，薪水竟然是他的两倍之多。年轻气盛的Z便直奔经理办公室质问，那位经理淡定地答曰："人家H是XX大学的正牌本科生，你比得了吗？"XX大学，名牌也。

Z遂一言不发离去。

此后经年，原本不爱读书的Z开始狂读书，并立志要考上国内知名学府的MBA。

那年头的MBA不像现在如此泛滥，何况名牌大学。经过两年苦读，Z终于如愿以偿考入北京某知名大学。

毕业后，Z因为扎实的学识加上善于思考的头脑，不但在几家大公司几级连跳,还成为国内某知名学府的客座教授,被评为十佳校友。

不知何时,二十年前不爱学习的他,已成为一个离不开书的人。认真研读的书已数千本,每一本都认真分析思考,形成自己的一套心得理论。

此刻,坐在对面的他端起咖啡,轻啜一口,摇头笑道:"当年是我气量狭窄,现在想来,H能够名牌大学毕业,必定有过人之处,公司能够那样决策,必定有其得益的方式,当时的我只被表象迷惑,觉得自己受了委屈,实则不然。"接着,又道,"让人,让己,方才活得明白。"

很多时候,我们会为了一个人、一件事,甚至一句话,逼迫自己万般努力,只是为了活成别人眼中的样子。

那个人、那件事、那句话,就此成为我们心中过不去的坎儿。

殊不知,在为了活成别人眼中的样子的过程中,我们经历了更多的人和事的洗礼,视野逐渐开阔,经历日益丰富,知识日积月累,我们渐渐成长,逐渐升华,不知不觉中,早已脱离最初渴望成为别人眼中自己的狭窄目标,成长为自己喜欢的模样。

宫崎骏《幽灵公主》里说:"内心强大,才能道歉,但必须更强大,才能原谅。"

层次越高的人,计较得越少。

人生智慧越丰富的人，越懂得反省和感恩。

于是，当我们对现在的自己觉得满意、开始喜欢的时候，回过头再去看那个人、想那件事、忆那句话，会忽然拥有完全不同的心境，恨意早已放下，谢意油然而生。

感谢生命中出现的每一个人、每一件事。

2017 年 2 月

> 你，
> 正在被世界温柔以待

有些人可以做朋友，
有些人注定有跨越不过的距离

《人民的名义》中，有一幕被剧中人戏称为美国大片。

反贪局长侯亮平高速公路上用五辆警车拦下了市委书记李达康的专车，带走了车上欲奔赴机场的李达康前妻欧阳菁。李达康没有下车，但是摇下车窗看了侯亮平一眼。陆亦可说那一眼是警告，侯亮平说，那一眼是激励，还说李达康不仅不会恨他，还会感谢他。

随后，李达康对公安局长赵东来谈起此事，说："我还真挺感谢侯亮平。"

中国有句俗语"英雄所见略同"，又道惺惺相惜。

对久闻其名却第一次谋面的侯亮平和李达康二人来说，颇有些意味。

虽然第一次谋面，侯亮平却从平日的了解中知道李达康是一个爱惜自己政治前途，拥有政治抱负的人，其实，侯亮平何尝不是这样的人呢？

所以，相互看得懂；所以，心有灵犀。

常常会想，茫茫人海，千人千面，有擦肩而过的，有谈笑风生的，为什么有些人因为一句话，一个眼神，一抹微笑就会成为朋友，有些人身形相伴却注定有着跨越不过的距离呢？

小张是个耿直 girl，陪朋友买衣服，会直接说，这件不好看，颜色衬你皮肤黄，这件的款式非常适合你，凸显了你腰身纤细的优点。所以朋友买衣服喜欢拉上小张。

某日，朋友带了新朋友莉莉来，莉莉是个漂亮的女孩儿。

莉莉很会说话，见面就把小张夸赞了一遍。

在 H&M，莉莉选中了一件宽松版的外套，试穿出来，小张说："这件衣服显得你腿短！"莉莉面露不悦，说："我腿短？怎么可能？至少比你腿长！"朋友说："这件衣服很潮，现在正流行，莉莉眼光不错！"

后面的逛街过程中，无论朋友试穿什么，莉莉都大加赞赏，无论小张试穿什么，莉莉都会挑出一堆毛病。

分手后，小张给朋友发微信："以后逛街有了莉莉就不要叫我，你可以和她做朋友，我和她不合适。"

物以类聚，人以群分，相同的三观，相似的秉性，才会有相同的气场，所以，有些人，见一次面打一次交道，便知道，不是同路人。

中国人讲究缘分，貌似那是冥冥之中不可左右的神秘力量，其实，朋友间所谓缘分更多的是相互的欣赏，相互的理解。

这理解与欣赏，或源于雷同的经历，或起因于相似的价值观，亦如云和风，可以相互明了凌空的潇洒和苦楚；船和鱼，可以相互理解流水的温柔与恐怖。

抑或，仅仅是思维方式上、情感认知上的相通。这令我想起吕不韦的《伯牙绝弦》：

> 伯牙善鼓琴，钟子期善听。伯牙鼓琴，志在高山，钟子期曰："善哉，峨峨兮若泰山！"志在流水，钟子期曰："善哉，洋洋兮若江河！"伯牙所念，钟子期必得之。子期死，伯牙谓世再无知音，乃破琴绝弦，终身不复鼓。

俞伯牙是个雅人，精通音律且受过专业训练高人指点，钟子期不过是一介樵夫，虽然身份经历差别如此明显，子期却可以听懂伯牙音乐中隐匿的情感，伯牙也可为了子期破琴绝弦。

知音在于一个"懂"，这"懂"字是个极高的要求。我们平常人交朋友，不奢求"懂"，但求一个"同"。

兴趣、爱好、审美、底线……人是个多棱镜，方方面面太多，这"同"一定是最在意，最关键的那一个。一个"同"可以包容很多不同，当然，一个小小的不"同"，也会摧毁很多的同，成为不可跨越的距离。

磊和建相识已有一段时日，都爱打球，磊有心把和建的关系再推进一步，从玩伴升级做朋友。

一日，二人同去挑选球拍。选罢，结过账，售货员忙着去给二人开发票，另外一只因为价格太贵而被建忍痛舍弃的球拍放在柜台上没有收起。建拿起那只球拍再次试打，一反之前爱惜的样子，挥舞一阵又直接去拨弄地上的羽毛球。

磊提醒道："哎，你不是提醒我不要让球拍摩擦地面吗？线容易断。"建抬头答曰："管他呢，这只又不是我的。"

自此，磊打消了与建做朋友的念头，玩伴就只是玩伴。

我和芯影，原本只是同在一个小提琴培训班家长群，我想，都谈不上相识。后来我开始做微信公众号，她来加我好友，才发现原来两人都热爱文字。我俩时不时私聊会儿，交流一下做公众号的快乐与苦闷，我会直言她的哪篇文章发得太匆忙，疏漏不少，她会在我觉得气馁时鼓励我坚持。

一天，芯影把我拉进她的读者群。我新编辑了一篇文章，询问可否在她的读者群里分享，芯影欣然允诺。链接刚发过去，我收到一位读者质疑,指责我怎能在芯影的读者群里发自己的作品,并直言我应该退群。我立刻道歉,并退出了芯影的那个群。孰料,芯影立刻私信我,告诉我建立读者群的目的就是交流,这个事件违背了她的初衷,她已经把群解散了。

2016年河南省举办小提琴大赛,我陪女儿从北京回郑支持恩师排练的参赛曲目。一到场地一群老友便环绕周围,透过拥挤的人群,我与芯影相视一笑,虽然没有一言一语,但我看到了她的问候,她看懂了我的歉意。

不同的身份、地位、学历、经济,这些物化的外在差异从不能阻碍心灵的相通相依相偎,思想的高度在同一个层次,道德的要求在同一个方向,欣赏的水平在同一个水准,哪怕上述只有一处有着小小的"同",便可气息相通,便可成为朋友。

2017年4月

你的心，会在哪里柔软？

每天忙忙碌碌，世界浮浮躁躁，亲爱的，最近一次心动，最近一次流泪，是为了什么，是在哪里？

一个朋友说，最近看《舞蹈风暴》，被李响跳哭。透过那每一块肌肉、每一根线条、每一个美到极致的动作，感受到他的疼、他的执着、他的坚守。

一个朋友说，最近听毛不易的歌《一荤一素》，眼泪止不住。母亲患癌吃不下，吐出来继续吃，如此努力地活下去，理由是，我儿子还没成家，还没家，感觉平生第一次听懂了"月儿明，风儿轻，树叶儿遮窗棂"。

一个朋友说，国庆去了川西，终于找到一个人迹罕至的山谷，面对色彩丰富的树林，叠嶂的山峦，只有风和鸟鸣，闭上眼睛，眼眶湿了。

一个朋友说，六月份到四川普光气田出差，和两个师傅开车沿着盘山公路上山，两侧错落着村落民房一直延伸到山顶，真是深山老林的赶脚。看到一位十来岁的小女孩坐在路边休息，后面背着一个比她还高的竹筐，筐里装满刚收割的油菜籽。他们提出带她一程，小女孩微笑拒绝，说还要等奶奶。

下山的路上没想到又碰见了那位小女孩，背着大大的竹筐搀扶着她的奶奶正一步一步往山上走。几天后，坐在回来的飞机上，回想起那一幕，眼泪突然没忍住。

一个朋友说，昨天听到一个消息，之前认识的一个男士，39岁，某央企集团的处长，三个月前辞职离开了北京，因为遇到一个女孩儿，女孩儿家在湖南。还记得几年前一起工作时周围的同事常有人为他单身着急，热心介绍各种门当户对的人儿给他，而他自己一副云淡风轻的模样。听到消息的这一刻，我回忆起他的脸，那样真切，一直以为肯舍弃现有的地位财富追寻真爱的人只存在于影视剧里，感谢他，让我在这个年龄看到有的人真的可以一直保持少年。

一个朋友说："前一阵子去采风，我到的那个地方环境看着很好，山清水秀的，但是输气管道穿过大半的群山，到处都是输气净化站、紧急疏散站，净化站的大烟囱排着废气，空气中弥漫着各种颗粒。半山腰的平地处紧挨着公路有一排破旧的民房，一群小孩就在公路交界边玩耍，两三岁到十几岁的都有，脸上衣服上沾着泥土的斑点,头发蓬乱。看到我们的车,小孩子们齐刷刷转过头来,一双双小眼睛一下子被好奇和期待点亮,眼神干净而明媚。后座上的我伸出手向他们挥了挥,胆子大点的向我挥手回应,不敢伸手的一脸羞涩,红晕穿过了稚嫩脸颊上的尘土。眨眼车就要拐弯下山去,我喊了声拜拜,小朋友们竟然欢呼似的回应,有三四个小朋友还挥着手追着车跑到了马路上。以前在新闻里看过一些类似场景的照片,并没有特别的感受,当自己亲眼所见的那一刻,却感到心底某处被触及,酸楚,一种不能承受的感觉。"

……

每天忙忙碌碌,世界浮浮躁躁,亲爱的,你最近心动了吗?流泪了吗?是在哪里?又为了什么?

2019 年 10 月

| 你，
  正在被世界温柔以待

路边的歌者

4月在宁波的时候，吴总邀几位好友小聚。状元楼的菜品很精致，位置又绝佳，处于三江交汇处，宴罢，华灯初上，吴总提议江边漫步，一众人等无不拍手称妙。夜风习习，初夏的风如温柔的手抚在脸上，灯影映着江水，泛着粼粼波光，相映成趣，好友们自然而然三两组群，相谈甚欢。行至一转弯处，驻足，不远处立交桥被灯带装饰得晶莹剔透，有水的城市夜景也独得一份美。随风传来一阵歌声。是个浑厚低沉的男声，侧耳聆听，听不清歌词，也猜不出歌名，只是那声音哀伤中带着温暖。

"不是录音，是真人在唱？"我轻声向同行的马总求证，他认真聆听片刻后点头确认。我的心随着那声音飘忽起来，唱得不错，音准节奏都在，尤其在这月色下，这旷远的江边，那声音里的投入，足以动人！循着歌声慢慢靠近，一男子伫立岸边，正在立麦后倾情歌唱，一曲唱罢，悠悠又唱起一首《亲爱的旅人》。

驻足，沉浸在这月色，这江景，这歌声中，心越来越宁静，一切烦恼忧愁，仿若化作一缕青烟消散，都不再成为困扰。一曲终了，我拿出一张毛爷爷，双手恭恭敬敬轻轻放入歌者脚边的箱子里，却看到吴总正在扫码支付，抬头，其他几位已经渐渐走远，我们赶紧追了上去。

为何今天想起这个情景？

因为今晚，走出地铁，一阵歌声传来，心不由得颤动。地铁口来了个歌者，也是个男生，穿着件横条纹T恤，坐在椅子上，右手扶着麦，人很清瘦，左脚随着节奏打着拍子，眼神迷离在麦前方的黑暗中。那是一首我没有听过的歌，是一首哀伤的爱情歌曲。忘记了奔波一天高跟鞋带来的疼痛，驻足，用心捕捉那每一个被声音赋予生命的文字，体味其中饱含的深意，探寻其中隐藏的情绪。那哀伤亦如此刻的我吧，又能如何？随着声音、随着文字、随着律动，一丝丝，一缕缕，都可以飘逝在这夜色中。

曲罢，我翻翻钱包，三个月，我的生活也发生了巨大的变化，已不能再任性地拿出一张毛爷爷来表达我的尊敬和感谢。"喂喂喂，这个女的刚刚给你放了十块钱！"我匆匆离去，头也不敢回，心里默默责怪那个好心的路人，请您不要打扰歌唱的他，不要提醒他谁给他放了钱，听者放下的，从来不是钱，只是一份感谢，一份敬意，或者，一份快乐，一份哀伤。

2021年7月

| 你，
　　正在被世界温柔以待

妃子笑，也没能让我笑

不知道是天儿太热了，还是面对着屏幕半天没写出几行字来，反正，突然就觉得烦躁。

怎么办？怎么才能让自己开心一点儿？

虽然我常把"谁还不是个宝宝了"挂在嘴边，现实是，我这种境况的人，上有七旬老父老母，他们安康已是我最大的福气；下有处于青春逆反期的闺女一枚，曾经的小棉袄，这两年早已变成四处透风的潮流乞丐服；闺密朋友，中年阿姨个个身心俱疲不忍烦扰。

所以，此刻，在我感到心烦意乱的时候，发现，没有人可以帮我疏解，我一下子理解了李白的"拔剑四顾心茫然"。

茫然了一刻钟，不用人教，我就想到要自己爱自己，自己想方设法博自己一笑了。

"博自己一笑",这几个字让另外一句诗跳进了我的脑子里,李白就被踢走,跳进了白居易——"一骑红尘妃子笑,无人知是荔枝来"。

哈,虽然没有闭月羞花之貌,但此刻我孤身寡人,雌雄同体,大可不必担心"六宫粉黛无颜色",由此,我可以博自己一笑,尽管博,尽管笑。

穿鞋,出门,直奔水果店而去。

一口气吃掉十几颗新鲜冰凉水润清甜的妃子笑,我也并没笑。

由于荔枝过于新鲜,剥掉外壳,再剥掉粉白色的果膜,才能吃到水润白嫩的果肉,剥荔枝的这个过程,一段文字蹦进我的脑子又踢走了白居易。

毕业的时候,同寝最美丽的女孩子,给我写下占满两页纸的留言,其中有两句是:"我真想将你一层层剥开,抱出来,仔仔细细看看你的小脑壳里,究竟都装了些什么东西。"记得当时读到这里,我就在心里纳闷,难道我是一颗荔枝吗?所以,满满两页纸,时间冲刷后,就牢牢记下了这一句。

此刻,我又想起这段话,心里却提问,如果我真的是一颗荔枝,那个白嫩水润的我呢?那个曾经满脑子装了不知道是什么的我呢?

在岁月里,在风里,在雨里,在一边挣扎一边被裹挟的无奈里,在榨干我皮肤的白嫩水润的同时,也榨干了我脑子里的各种憧憬和畅想。

愿你出走半生，归来依旧少年。

哈，这真是世界上最美好的祝福了。

谁不曾鲜衣怒马少年时？总觉得时间很长，可以想很多，做很多，得到很多。

甚至，可以拯救世界，让人生无限饱满又充满价值。

眼前，出走半生的我，归来只有眼前这一堆荔枝壳儿，生命匆忙且轻如鸿毛。于是，妃子笑也令我笑不出来了。

此刻的我，觉得郁闷又孤独。

忽又忆起，前几天的凌晨，手表微微振动，收到一条提示，"Amy关注了你"，时间显示：02：38。

在这样寂寥宁静的夜，应该是我的文字触动了她心底某个角落的神经，那里或许是一抹记忆，或许是一缕思绪。那一刻的我也陷入思索，无论如何，不管一个人，还是两个人，我的文字能触动，就有价值，就值得码下去。

嘿，这么想来，我的生命也还算有意义。

本来嘛，我是自己的女王，又不是谁的妃子，吃了妃子笑我没有笑，太符合逻辑啦！

乐观和爱才是生活的解药。

荔枝的清甜和着岁月的酸涩，酿成一杯烈酒，今夜的我，微醺。

2022年6月

行走在人世间

在人组成的世界里，在生老病死组成的生命长河里，我们怀揣着欣喜、期待、无助、绝望……行走中遇到亲情、友情、爱情……产生幸福、感动、愤怒、失落各种情绪。

人生究竟是什么？是房子车子那些具象的物质？是崇拜、羡慕、嫉妒、憎恨那些抽象的感受？是生时有人喜欢还是死后有人惦念？都是，又都不是。

我们不停地走，从生下来就开始一刻不停地走，无论你走得步履蹒跚，还是摇曳生姿。

生命是一场旅程，那么遇见，就是这个旅程中不断的发生……

这世道，也谈谈借钱

有网友发帖：一提借钱，朋友不是刚刚投资就是刚刚买房，中的顶起！

没人顶，都中枪躺下了。

有人说，感情深不深，借个钱。借钱是检验感情真假的验钞机！

我想说，别验，真验出一堆假钞来，你是继续当真钞花啊还是准备囊中空空啊？

谈钱伤感情，谈感情伤钱。

这世道，咱最好不跟人借钱，好不？

提到朋友借钱这个话题，一个年龄稍长的朋友立刻吐槽。

25年前，我高中寄宿，一个月家里给的生活费才40块。一天交书费，舍友找我借5块钱，说一星期后还，当时我心里没啥，可是，一个星期过后，她没提这事儿，我就开始闹心了。

你说跟她直接要吧，显得咱多磕碜？不要吧，明明说好是借的，再说，5块钱说多不多，说少也够我吃一个星期的菜了。我寻思着拿话提醒提醒她，保不齐她自己忽然想起来呢？可咋提能不显山露水又能有效果呢？那个烧脑烧的，够参加一次高考了！

可这人，不知道是真的想不起来还是跟我装傻充愣，什么话头她都想不到借我钱的事儿，一拖又一个星期过去了，实在憋不住，有一天我直截了当说："哎，你借我的5块钱还没还呢！"

你猜咋滴？

"扒瞎呢，我啥时候借你5块钱啊？"

这个憋屈，她肯定不是耍心眼子的人，估计真忘了，早知道我当初直接说送，那多敞亮，人情捞着捞不着不说，至少我后面不闹心啊！

有个闺密也被借钱的事困扰。"伲家情况特殊，侬也晓得，阿拉先生就是一家庭煮夫，当然，伲么看发起伊，可阿拉这种情况侬说他家亲戚总该拎得清吧？上个月，伊哥哥买房子要借十万块，借好啦，大家亲戚，帮帮忙也是应该的。那天伲把存了十万块的卡备好，伊哥哥带着个小毛头空着两只手就来了。进门说了几句话，伲把卡递给伊，告诉了密码，伊起身就准备走。伲之前跟阿拉男人说过,借钱可以,但得给伲打张借条。不晓得怎么回事,伊哥哥压根伐刚打借条的事儿。伲只好张口:'哥哥,侬写张借条好不啦!'侬猜?'写什么借条啊,we are 伐木累。'伲心里挖色,'哥哥,爱国不上班侬晓得的呀!伊虽然挣得不少,可也不是风刮来的。'伊哥哥又说:'晓得,侬的钱,还不是爱国的钱?'呵呵,不论这位伊哥哥拎不拎得清,这么港话,是不准备还了吗?"

看到了吧?张口借钱容易,开口还钱难,要不怎么说欠钱的是大爷呢?

回到开头那位网友的问题,张口借钱时亲戚朋友们都恰好投资了、买房了,肯定呀!太多人在经历了、思考了借钱有可能引发的你不仁我不义的惨痛后果之后,最终选择了这个听起来双方都比较不伤面子的回答。

由此可见,凡是张了口,对方肯借钱的,说明你在他心里值得信任,不可失去,更说明他心地善良,重情重义,这样的朋友,这样的感情,值得好好珍惜。如果一定要开口借钱,咱应该主动明确告知还款时间,写下借条,心里留着根弦,力争按时还上,数额大的最好按照银行利息折算出来一并还上,或者买个礼物送上,你有情我有义,这份温暖的感情才能长长久久。

其实,现在这世道,抛开银行不说,各种贷款平台如雨后春笋,急用钱时可以用用,向亲朋借钱这种可能两败俱伤的事情,咱还是能免则免。

另外,网上有爆女生借高利贷被迫拍裸照卖身的,这样的就算了,还是找亲朋借吧,伤感情总比丢性命强,不过,话说回来,借钱用来消费的姑娘,咱还是忍忍,想想办法提高自己挣钱的能力才是正事!

2016年7月

恋爱人生

小时候上学最痛苦的记忆是上体育课跑步。

1500米，跟要了我的命一样。

开跑30秒，就感觉呼吸急促，双腿发软，尽管那操场一圈只有400米，我眼中却那么硕大，4圈，何时是个头啊！

艰难地跑两步，发现老师一转头，赶紧变成走。

就这样，每到学期末班主任都愁得不行：主科第一第二，副科也是优，唯独体育不达标，你这三好生，怎么评？

就这样混到成年，混到工作，走路可以，多远都没问题，就是别让我跑！

第一次去学游泳，听朋友话，憋了一口气趴下去，瞬间我就漂在了水面上。

朋友惊呼:"你身体里脂肪占比太高了吧!"

我惊诧:"我不胖啊?我只有93斤!"

93斤,呵呵,那叫不重,不叫不胖,好吧?

所以,不重的我看起来是苗条的,但也是懈的,那种松松垮垮的懈,那么没有精气神的懈。

但,我坚决不跑步。

我痛恨跑步,我认为跑步是这个世界上最无聊、最乏味、最痛苦的一项运动!

我喜欢游泳,清凉的水,舒展的身体,想象自己像鱼儿一样悠游自在,多美?

我喜欢打乒乓球,你推我挡,腾挪跳跃,有输有赢,充满趣味。

而跑步呢?每一步都是心跳的急促、大腿的酸重,每一步都是一个孤独灵魂的苦熬!

然而,游泳要条件具备,每次都要花费大块的时间,毕竟我不是白富美,有着带私家游泳池的花园别墅。

然而,乒乓也要设备,还要有伴儿,没有场地,没有球台,没有对手,和谁打去?

当我渐渐告别青春,看到依旧苗条的自己的蝴蝶袖、萝卜腿和日益变差的睡眠,我意识到,我应该给自己找一个常态化的、简便易行的运动方式了。

貌似，只有跑步？

貌似，除了一双鞋，跑步再无需其他？

于是，我怀着恐惧的心理，咬着牙，逼着自己迈开了腿。

儿时的记忆果真是没错的，开跑30秒，就感觉呼吸急促，双腿发软。忍忍，三圈，就三圈，跑完三圈就算达成目标，好不？

连哄带骗，终于跑完了三圈，哈哈，我居然可以连续不夹带走路跑完一千米？

发现咬咬牙挺过那最难受的一个阶段，心跳就没那么急促了，大腿也没那么酸沉了，神奇啊！

于是，第二天、第三天、第四天，脚步越来越轻松，三圈已经不足以满足我了，我开始慢慢增加，四圈、六圈、八圈、十圈……

我不再如开始那样默默数着圈数苦熬，我开始注意路边的花草，今天开了，明天落了。

一夜雨，萱草的叶子肥厚多了；

一日的光照，那朵粉红的月季更加艳丽了；

吸气，空气里有青草和泥土的甜香；

聆听，草丛里蟋蟀正在弹琴，纺织娘正在唱歌……

我的思绪在有节奏的步伐中开始飞翔，白天工作忙碌，顾不得思索，回家琐事繁多，顾不得思索，这一刻，放空心灵、放下欲望、沉静下来、思索人生，可以深刻分析，可以深入思考，一些问题变得不成问题，一些事情变得不是事情，一句句锦言妙句涌上心头……

我开始爱上那一身臭汗的酣畅淋漓，开始喜欢在奔跑中聆听自然的声音，开始爱上那无人干扰的沉思和探索，开始期盼着跑步时间的到来。

偶然遇到下大雨，无法出去跑步，我会如困兽，在屋里来来回回奔跑。

一天，看到一篇文章，题目是《跑步30分钟以上，竟然会有恋爱的感觉……》

文章说：你知道为什么那些跑步的人会上瘾吗？因为运动30分钟以上，身体会释放多巴胺、内啡肽和血清素等物质。

多巴胺，大脑内部分泌而来，它能让人产生开心及兴奋感，还可以扭转负面情绪、让人充满活力，变得积极向上，这是一种让人感觉幸福的物质。

内啡肽，可以镇痛，运动达到一定时间之后，糖原耗尽，开始燃烧脂肪，身体就会产生疲劳和酸痛，这时候内啡肽就会出来帮助镇痛。科学家们说内啡肽也被叫作"快感荷尔蒙"，它可以帮助人们保持年轻快乐的状态。

血清素，体内产生的一种神经传递，主要作用是让人镇静，减少急躁情绪，减少攻击行为，带来愉悦感和幸福感。

而这三种物质据说恋爱中的人都在分泌……

走，恋爱去。

2016年7月

一条虫子

《天净沙·酷暑》

骄阳热浪鸣蝉

空调wi-fi西瓜

葛优同款沙发

午餐刚过

我往上面一趴

可是，趴在上面的我心里很是发愁。

愁下一个话题写啥？

微信公众号其实申请了很久，最近才鼓足勇气开始运营。不到一个月的时间，选哪只鸡，开多大火，熬制什么浓度的汤，成为每天心里需要琢磨的事情。此刻，鸡还没抓到，转眼却又到了推送的时间。

心里突然冒出一个念头：如此折磨自己，所来何苦？

回想年轻时毅然辞职奋发考研，而后工作越换越好，抽屉里各色大红证书一摞子，在世人眼里，我也算得上奋发上进的好少年吧？

如今，三十多岁，一份体面的工作，房子、车子、孩子加上银行卡里足以应对突发事件的数字，还有一对身体健康完全可以自理的父母，我不是该踏踏实实、轻轻松松享受生活，追追剧、健健身、旅旅游吗？

我想起一个画面。

曾经在春天的季节里看到过棉花花上的棉铃虫。

白白胖胖的虫躺在美丽的花瓣上，吮吸着甘甜的花蜜，清风一吹，花盏如摇篮般轻轻晃动。

当时刚刚进入考研每夜苦熬的时刻，忍不住心里愤愤地想，哪天也一定要做那惬意的棉铃虫。

扭头在房间里环视一周。

小公主窝在另一个沙发里拿着本漫画，啃着个苹果，笑得咯咯咯。

我应该登录某宝某东某号店买买买啊，这样的画面才和谐，不是吗？

现在，不就是目标实现，做一条虫子的时刻吗？

干吗开个公众号每天为了熬鸡汤,为了新增几个订阅者,自己给自己找麻烦,自己为难自己?我这不是有病吗?还病得不轻吧?

算了,把公众号停止运营得了,我又不是企业,需要宣传推广,我又不是自由职业,每日靠赞赏买米。

哈哈,成龙又出新片了,《绝地逃亡》,走,看电影去。成龙大哥轻松搞笑不用过脑子的电影陪伴了我几十年,刚好为此刻虫子的幸福生活添加作料。

电影院里,笑声不时响起。

作为一个电影迷,成龙的电影部部必看的我来说,《绝地逃亡》依旧很精彩,画面一如既往的惊险刺激,虽然打着成龙电影动作+喜剧的烙印,依然有看头,不停变换的场景、美丽的异域风情,无比巧合搞笑的情节、惊险刺激高难度的动作……

荧幕上皮肤松弛皱纹显现的成龙依然跳跃腾挪、身姿轻盈,依然挑战各种常人做不到的惊险动作,片花里,他一次次失败后对工作人员说:"I am ok!"接着继续各种尝试。

我突然想起来,陪伴我们几十年,出产上百部精彩影片的成龙大哥已经62岁了。

62?

小公主的爷爷好像是64岁,头发谢得连地中海都留不住了,一双浑浊的眼睛，碗上沾着的硕大饭粒、菜叶都看不清楚。偶尔做做饭，炒出的菜要么咸死卖盐的，要么淡而无味食如嚼蜡，我们却又不敢提出太多，怕他觉得自己无用心里难过。跟他说话时刻意提高音量，他依旧常常露出迷茫的神色，然后貌似听懂一样点点头。他时时不由自主发出"喀喀"的声音，努力半天从喉咙里吐出一口浓浓的黏稠的痰来，每天一大把的时间在楼下和同龄的老头们下棋。

再过20多年，我也是如此？

只不过换了性别，一个老太婆而已？

眼睛昏花看不清手机，手指僵硬点不动屏幕，我做什么？

每天熬着日出等着日落，直到送到火葬场？

打个激灵，后背发凉。

晚上，我又失眠了。

62岁的成龙又出新片，依然坚持不用替身亲自上阵，依然挑战着各种高难度不可能完成的动作，所为何来？

成龙缺钱吗？

"成龙慈善基金会""微笑行动""龙骑士慈善活动""成龙奖学金"，联合国儿童基金会亲善大使……随便一次慈善行为捐赠的数目，够多少人奋斗一生？

成龙缺名吗？

国家一级演员、世界十大杰出青年、香港十大杰出青年、亚太电影节电影杰出成就奖、MTV电影终身成就奖、法国骑士勋章、不列颠帝国勋章、马来西亚拿督头衔、香港浸会大学社会科学荣誉博士……

哪一个名头给我也够我炫耀一辈子。

可是，55岁以后的成龙依旧保持着每年一部高品质电影的节奏。今天我看到62岁的成龙依然从悬崖上跳下、从钢丝上滑过、和美女警官调笑……

纵观我身边的同事朋友亲人，20+、30+、40+，每日买买买、在各种快递中穿梭忙碌；每日刷刷刷、朋友圈里点赞不亦乐乎；每日哈哈哈、段子手表情包欢乐无比。

一只手机一个沙发，我们就可以生活得如棉铃虫般逍遥自在。

写自己喜欢的文字，和更多的朋友交流人生的感悟，这样的念头多少年来多少次在心底闪现？搜狐里，闲暇偶成的几篇小说引发那么多读者的交流感叹，一位读者曾留言："读完这个故事，我流泪了。"

做虫躺在花盏的摇篮里舒适地等死？
还是学成龙在自己热爱的道路上继续前行？
终于熬不住，我起身，打开电脑，打下一行字"一条虫子"。

现在是2016年7月25日凌晨4：00，亲爱的，你是否还决定继续做一条虫子？

2016年7月

你，
　　正在被世界温柔以待

怎样才能成为一个见过世面的人？

今天读到作家十二的一篇文章《一个女孩儿要怎样才算见过世面》。

文章写得很美，从一个令人羡慕的女子小英谈起，一层层告诉读者，小英清秀的样貌、体面的工作、优秀的老公、良好的人缘、超脱的气质、静谧又强大的内心都源于她四处的旅游和丰富的经历。

十二说："因为小英了解过卢浮宫，所以不急着排队，遇到过比汽车抛锚更糟糕的事，所以并不慌张。"

十二说："无数个小英这样的姑娘，她们比大多数人过得更好，是因为她们眼界更宽更广之后，发现很多事情都是可以被放下的，被舍弃的。"

十二说："其实，她们并没有多么的与众不同，她们只是比其他人走过更多的路、遇见过更多的风景、见了天、路过众生，最终决定，要成为怎样的自己。"

看到最后，忍不住就有背起行囊，即刻上路的冲动。

十二说的没错，见多识广，见得多、经历得多，才能够不大惊小怪，才能够心定神闲，不只女孩儿，男人亦如此。

《红楼梦》里刘姥姥游大观园，之所以闹出那许多笑话，不就是因为没出过门，没见过世面吗？

提起女神林徽因，无不要提及她少女时期就随父游历日本，游历欧洲，留学美国宾夕法尼亚大学、耶鲁大学，如果没有这些经历，任林美人生得再美，与梁启超大公子梁思成结为伉俪、成为建筑学家，青史留名的可能性，有吗？

古人云"读万卷书，行万里路"。

说到此，如果你认为，只要背上行囊，踏上旅途，就可以成为一个见过世面的人，我要说，未必！

冷静下来看一看，想一想，身边见过大山大川、经历丰富的人大有人在，真心都可以算得上见过世面的人吗？

不是。

尤其近年来，中国富强起来，人民生活品质提高了，旅游已经成为很多国民的日常,不但国内游,即便国外游,也日渐普遍。

君不见,各国商场的柜台都新增了中国营业员?

君不见,各国奥特莱斯大量的中国国民成为主要购买力?

多少人,四处游走只是为了附庸风雅,对其中的文化,并不感冒?

多少人,只在意眼前的风景,对身边的人性温暖视而不见?

多少人,经历了世事沉浮并没有看得更开,而是越发心浮气躁?

多少人,口若悬河滔滔不绝其实只是为了肤浅的炫耀?

所以,见多识广并未必会心怀天地,因为,在见识的同时,还需要一个关键的词——思考。

只有懂得思考的人,才会把所见所识真正融入自己的血液,才会发现差距,提升自己,发现问题,改正自己。

可惜,这思考,真不是每个人都会。

这思考二字,大概和佛家所提的"慧根"有共通之处吧!

"慧根"即智慧的根源,说浅一些,就是人的领悟能力,同一事物,人各有悟,看到的相同,理解却不同。

同样一只可爱的小兔兔,有的宝宝只想抚摸一下,有的宝宝却想据为己有;

同样一个 Chanel 包包,有的女人想到的是香奈儿女士创业的理念,有的女人看到的就只是一个 LOGO;

同样一个路边乞讨的残疾人,有的人在思索如何呼吁社会保障制度更加完善,有的人就只会投去鄙视的目光;

同样经历失恋被甩掉,有的人会找出自己的问题,把自己修炼到更好,有的人就只会哭天抢地,自暴自弃;

同样童年经历父母离异,有的人成人后更加珍惜婚姻注重家庭温暖,有的人却只剩玩世不恭和冷漠;

…………

每一个人,都存活在两个世界,外在的感官世界和内在的精神世界。

见多识广,丰富的是外在的感官世界。

内在精神世界的升华,需要一套自我启发的方式,一种逐层思考的能力和深度。

一个真正见过世面的人,会讲究、能将就;处动乱、不慌乱;懂得尊重、被人尊重;知道很多,却不说自己知道。

边走边看边思边想,努力做一个见过世面的人。

2016年8月

(编辑文集时再读此文,感慨颇多,经历了3年新冠疫情,文中提到的各种游历,仿若隔世,世界早已不似昨天,明天如何亦未可知,如此想来,紧握此刻便是最好的。)

你，
  正在被世界温柔以待

生命中的相遇

闭上眼睛，放慢呼吸，渐渐陷入你的回忆。

在曾经走过的人生旅途中，有没有那么一件事、一个人、一首歌、一本书……与你机缘巧遇，叩击你的心灵，给你启迪，给你点悟，在日后的行程中，如一口永不干涸的清泉，不断滋养着你？

我有。

那时候我 21 岁，刚刚毕业，为了追寻一份爱情蜗居在北京郊区一个小小的出租屋里无所事事，每天用大把大把的时间等待一个人下班。

那个时候互联网才刚刚起步，手机还是香港电影里砖头一样的大哥大。

人们的消遣，除了租影碟，还有租书。

附近就有一个租书的小店，昏黄狭小的空间里挤着五六个大书柜，整整齐齐地码满了各种书籍。

当然，多数是成套的金庸、古龙、梁羽生、琼瑶、亦舒……

在几乎读完整套琼瑶，每天在琼瑶式爱情和我自己的爱情中悲缅快乐、嬉笑哀伤、无病呻吟的时候，有一天，还了旧书要租新书，我猛然发现，在一堆金庸、琼瑶之中，有一本《林清玄散文》。

我借走了她。

那个时候我并不知道林清玄是谁，只知道林青霞。

可能单单就是因为这个名字给了我骨骼清奇的感觉，可能单单就是因为那清爽的封面与那些小说太不相同，可能单单就是"散文"两个字唤起了我曾经的文学梦。

总之，那一刻，就是觉得这一本与那些庸脂俗粉那么不同。

读完之后，我强烈要求老板，我要把她买走，尽管我知道她是盗版。

打动我的不是尽人皆知的"醉后方知酒浓，爱过方知情重"。

不是"生命中的很多事，你错过一小时，很可能就错过一生了"。

而是那淡淡的白开水般的文字，没有任何修饰，就是流畅的讲述，精准的表达。

而是那平和的不泛波澜的思想,不激进、不沉沦,静静地想,深刻的思。

一个个平凡质朴的人物向我走来,就如活在身边的张三李四,却都蕴藏着生命的本质。

《红心番薯》中的父亲,因为番薯在苦难的岁月里拯救过一家人的性命,因为遥远的大陆东北老家也盛产番薯,因此对番薯有着那样深厚又神圣的感情。

《木鱼馄饨》中深夜敲响木鱼卖馄饨的布衣老人,做得一手味道精美的馄饨,以木鱼为号,为的是让迟睡者可以听到他的叫卖,又不至于中断熟睡者的美梦。

《阴阳巷》里失去土地的却拥有大厦出租的房东,家财万贯却反租平房捡拾垃圾,为的是找回土地带给他的那种安心……

> 到处都是与生活挣扎搏斗的痕迹……走在都市里其实像走在一本书架上的相簿,有时是黑白的,翻了几页突然看到一页彩色,黑白自有其美,彩色也有虚妄的一面。黑白页里的人往往向往着彩色,而有了彩色的人又都忘记了他们黑白照片中的一段日子……

很多困扰我已久的问题,在这本书里,我找到了答案。

对于争执已久的"乞丐中骗子居多,要不要捐助"的问题,林清玄说："如果是假的乞丐，在低下头伸出手的那一刻，他也已经是真乞丐了。"

对于什么样的化妆才是真正的美，闻名的化妆师告诉我："最高明的化妆术，就是自然，符合这个人的身份和气质，化过后别人看不出化过妆。"

对于怎样的教育才是好的教育，一位外号"死人面"严厉到是每个学生噩梦的郑人贵老师，一位无限包容鼓励的王雨苍老师；一位要把学生逼到死以激发出向前冲的力量，一位永不放弃让学生因愧疚而鞭策自己不至堕落；经年累月，唯独这两位老师留在了心底。"可见严厉的棒喝，有时在教育的效用上并不逊于耐心与慈悲。"他还说，"这个世界上，关怀是最有力量的"。

最触动我的，是那篇《养着水母的秋天》。

机缘巧遇，在从贝壳海岸带回来的毫无生命迹象的白色珊瑚礁石上，居然长出透明的水母，海面上的深夜，水母美丽的磷光，点缀着黑暗，成就了一个非比寻常的秋天。之后水母死去，伤心其中难以自拔。

一天朋友光临，当指着那玻璃水族箱中的白色珊瑚礁石提及我曾经养过一个秋天的水母时，朋友说："骗鬼！"自此，从伤心中走出。

很多真实的东西，只是因为时间，所以不在了。因缘固然能使我们相遇，也能使我们离散，只要我们足够明净，相遇时就能听见相互心海的消息……在时间上，在广大里，在黑暗中，在忧伤深处，在冷漠之际，我们若能时而真挚地对望一眼，知道石心里还有温暖的质地，也就够了。

我从琼瑶小说中清醒过来，把《林清玄散文》塞进背包，告别恋人，告别出租屋，踏上找工作的征程。

此后经年，搬家数次，这本1997年版的《林清玄散文》一直陪在我身边，读的书愈多，越觉得这本最爱。每每我遇到一些困惑的时候，里面的一篇篇小文总能给我启发；每每我心浮气躁的时候，里面的片段总能让我心平气和。

此后，林清玄名气愈大，又出菩提系列，貌似曾经很是火了一阵。

我却没有再读。

因为那里已经没有了卖馄饨的老人，没有了热腾腾的山东大馒头，没有了养过一个秋天的水母死亡后的哀伤，尽多了佛语禅悟。

或许我没有慧根，毕竟我想做的只是一个心思明净的平凡人，我想要的只是一个清香淡雅但回味十足的人生。

2016年8月

桂林寻慢

桂林，桂树成林。

虽早已远离桂花竞放满城飘香的时节，依然开放的四季桂，潜心仍能嗅到那一抹甜香。

20年前，一首《我想去桂林》红遍大江南北，少年的我立志绝不做唱歌的人和歌中的老爷爷。

> 我想去桂林呀我想去桂林
> 可是有时间的时候我却没有钱
> 我想去桂林呀我想去桂林
> 可是有了钱的时候我却没有时间
> 有位老爷爷他退休有钱有时间
> 他给我描绘了那幅美妙画卷

你，
正在被世界温柔以待

>..........
>亲临其境是老爷爷一生的心愿
>..........

十年后第一次游桂林，那奇山秀水、绿意葱茏惹人沉醉，忍不住对歌里的老爷爷笑，瞧，我来了，而你，永远等不到。

小城的幽静美丽、舒缓优雅自此沉睡梦中。又过十年，再来。

再来，不为寻山问水，只为寻慢。

千山环野立，一水抱城流。依旧是十里画廊、山水长卷。景色醉人，人却难醉。

小城，两江四湖旧貌新颜，环城水系流光溢彩，新建的各类商场、被选为春晚分会场的象鼻公园，所有的一切，都披上各种霓虹，与簇拥的人影车影一起组成斑驳陆离的光影世界，美则美矣，令人纷扰，那梦中的缓步而行、身心沉醉，破碎在闪耀的灯光里。

记忆中的醉人漓江、"世外桃源"没有了曾经的神秘静谧，岸上高大的毛竹穷尽洪荒之力也难以掩盖新建的不伦不类的民居，昭告着这是一个快速发展的时代，快速到，不论对错、不论美丑。

从繁华的帝都，抛却纷杂，为寻慢而来，此刻，何处寻之？

>尘缘如梦，几番起伏总不平，到如今都成烟云……幽幽一缕香，飘在深深旧梦中。

随着那一缕香气，蓦然回头，发现藏于竹林，临水而居的"渊明山庄"。

穿越千年的轮回，在那传说中的五柳树前，是谁在舞动长袖，是谁举杯畅饮，又是谁在荷锄劳作？

"结庐在人境，而无车马喧。问君何能尔，心远地自偏。"在拥有这超脱的田园心境之前，又曾历经怎样的回环曲折？

江州祭酒、建威参军、镇军参军、彭泽县令，"目倦川途异，心念山泽居""园田日梦想，安得久离析"，我们的五柳先生在终于明了心意，决定归隐之前，曾摇摆于仕与耕之间十余年。

归隐，除却对田园的热爱，难道没有壮志难酬的遗憾？十几年变幻，始终不过是芝麻绿豆的小官，看破世俗后面退而求其次的无奈终难抹杀。后人所言的守志不阿，是真，却非百分百。

"种豆南山下，草盛豆苗稀。"这哪里是一个善于农工的人哪！

在喧闹的人境中取静，在繁华的俗世间出世，那一抹失意，那一丝不甘，那滚滚红尘烙就的欲望，烙印在深夜里却隐隐作痛，该怎样淡化至无？

"有疑陶渊明诗篇篇有酒，吾观其意不在酒，亦寄酒为迹者也。""宽心应是酒，遣兴莫过诗。"酒果真能宽心吗？为何觉得"何以解忧，唯有杜康""借酒浇愁愁更愁"更适合心意呢？

独独《饮酒》就作22首，为何爱酒？酒能麻痹，酒能释怀，酒可以暂时忘却心灵深处无人诉说的烦恼忧愁，酒后可以胡言乱语,实则吐真言。

就在诗酒间,就在挣扎中,大自然用她最本真的面貌,悄无声息化解掉尘世难以忘却的欲望,那一丝不甘,那一抹不满,终究被本心消融,成就一个最淡然、最质朴、最本真的传奇。

那一缕香气盘旋迂回,直向东北飞去,一千三百公里外的滁州,曾有位爱酒的太守,寄情山水,却从不掩盖从政的热情和坚定。一直努力从仕,致力作文,多居高位,几番升迁贬谪,历经坎坷。为政宽简,辖下反而井井有条;身为至尊,却言"不怕先生骂,只怕后生笑";谁知道,"环滁皆山也"五个字的前身曾是浓墨重彩耗费心力的长篇大论?于是乎,那酒中的畅饮,更多几分潇洒。

恍惚间,就在"渊明山庄"飞檐峭壁的屋顶,穿越六百年的风霜,靖节先生和六一居士,相视而笑,那一抹心意相通,仿若告诉我,慢,处处可寻。

回头,惊觉那满城遍地的桂林米粉,依旧干捞粉、汤粉、煮粉分得清清楚楚,牛肉、叉烧、锅烧分列明晰,酸笋、酸豆角、辣椒酱、豆腐乳、小香葱各式配菜齐全,卤水、汤水齐备待选。

晒着和煦的阳光,伴着山清水秀,品一碗四元钱的地道米粉,这慢,已然来到!

2017年1月

没有手机的日子

转过十字路口,夜色中看到复兴东路的路标,我觉得认识路了,于是关闭导航,把手机放进口袋。

前面的人行道上只有一位男子匆匆而行。

上海的人行道比较节约,目测骑着自行车可以勉强从男子身边穿过,虽已多年不骑单车,对自己的技术还是蛮信得过。今日一时兴起,路边停放的一元骑车契合了我每到一个城市渴望与之亲密接触的喜好,于是,舍弃出租,骑上了单车。

与男子擦身而过,一股刺鼻的香味钻进鼻孔,应该是个东南亚友人,常常见到那边褐色皮肤高鼻深眼黑发微卷的壮硕男子喜爱喷洒这类的香水。

红灯,停下,身后脚步声传来,是那男子,果真如我所料,是个东南亚的外国友人,走得真快,一个停留就被他追上。他看了我

> 你，
>   正在被世界温柔以待

一眼，右转进了一条小街。

过了马路，我惦记着企业公众号今晚要推送的稿子是否已经做妥，并肩的伙伴是否发来了预览，停下车，把手伸进口袋。

一个激灵，我不敢相信自己，再次对自己浑身上下一通狂摸。

嗡，我脑袋大了，心脏开始狂跳。

手机不见了！！！！

手机本身不值钱，可是支付宝、微信全部开通着，银行卡都绑定着，那么多公事私事要通过微信来处理，即使假期，我每天也要有三五个小时是用手机来处理工作啊！企业公众号每天的推送我要审查，领导常常有急事找我，朋友时不时有问题需要我来帮忙解决，各种快递这两天陆续要到……

现在，手机没了，怎么办？

原来，手机才是最重要的啊！！！

手机可以明天睁眼在上海随手买一个，可是电话卡呢？必须回北京补办。明天的朋友已经约好，后天返程的票已经订好，难道，我要过两天没有手机的日子？那怎么可能？

走回酒店，我的心已经慢慢平复。

我的世界安静了。一路上我一直在想，没有手机的年代，我曾经怎样度过？什么时候自己已被手机各项功能宠到一个电话号码也记不住？

回到房间，拿着从前台要来的支付宝、微信的客服电话，挂了失、冻结了账户。

洗漱完毕上了床，发现没有手机可以摸，没有微信朋友聊天、没有朋友圈需要点赞、没有新闻可以浏览、没有支付宝种植小树需要能量摘取，甚至，我不知道时间。自从有了手机，手表就没有戴过，因为我没有欧米茄。

我要回归一种"原始"的状态。

打电话给前台简单询问了明日跟朋友约见地点的出行方式和路上所需时间，然后定了叫早。

我躺下了，黑暗中摸着自己的心跳，那么清晰，不知道是几点，10点？抑或是11点？以往总是拿着手机流连忘返，一遍遍看时间催自己睡觉，一遍遍又贪恋着，再回了这条消息，再看完这篇分享，再给这个朋友点了赞，再看一分钟……却是永远的晚睡，永远的睡眠不足，此刻，这么安静，再无纷扰……

"怎么来得这么早？"约见的朋友一见面就如此对我说。

"因为我手机昨天丢了，不知道时间。"昨天一夜的好睡眠让我突然觉得貌似没有手机并不是件糟糕透顶的事情，朋友亦被我混乱的逻辑逗笑。

朋友很仗义，为了陪我，把手机关机放进了包里。

两个人谈得很开心，很投入，因为中途没有电话打进来、没有微信里各种事情要处理,更没有什么可以惦记的事情让我时不时需要看手机。全心全意地听、实心实意地想,事情进展得前所未有的顺利和高效。

平白多出半天的时光来。

由着性子在街上闲逛,每天都在感叹时光飞逝、恨不得一天可以有36小时的我,突然有了大把的时间可以挥霍,逛逛书店,精挑细选了一本马斯洛的《人性能达到的境界》;挑一个小馆子,点上一客精美的馄饨,在滑爽的面皮和鲜美的蟹黄间用舌尖去体会厨师精巧的心思;遇到一个足浴房,停下来走进去,和陕西来的大姐一边聊天一边享受着她高超的技艺……

傍晚,路遇一个街区的游乐场,旋转木马灯火通明,闪着梦幻的光。付了费,骑上去,不用自拍,没有朋友圈可发,轻轻搂着木马的脖子,上海冬天的风清凉又温柔,夜色中闪烁的霓虹灯如繁星、似流萤,轻柔的《梦幻曲》萦绕耳边,发丝缕缕飞起,一些往事、一些人、一些梦想从心底渐渐泛起,在夜色中、在微风中、在旋转中慢慢弥漫充盈整个心间……

回到了北京,买了新手机,补办了手机卡,登录微信,企业公众号新年刊已推送,办公室的同事留了言"微姐,联系不上你,××要求的资料我已发送",有两个信息显示"快递已被退回,如有需要请重新下单",各个群里热热闹闹拜年的热度还没消去……

这个社会，没有什么事情离开你做不了；这个世界没有什么人，离了你过不下去。

　　放下手机，给匆忙的脚步一个停留的瞬间，给杂乱的思绪一个整理的时机，给疲惫的心灵一个休憩的刹那，问一问自己，匆匆走了这么远，在意的事情真的还需要在意吗？爱着的人真的还在身边吗？追逐的梦想真的还在前方吗？

　　怀念那没有手机的短暂的两天两夜。

2017 年 1 月

| 你，
　　正在被世界温柔以待

一场关于法梧的对话

人和人的缘分有时候真的很奇妙。

比如我和燕居客，研究生同校三年，天天上课见面，偶尔同学聚餐，虽然也调侃嬉笑却只停留在泛泛之交，毕业后天各一方，几乎再无交集。然而，在我开了公众号开始用文字记录生活之后，他关注了我，并且时常回复讨论，我们聊到很多话题，发现很多观点、兴趣，包括审美颇为一致，虽然遥隔千里，两个人却越来越有默契，不知不觉从泛泛之交走到了精神挚友。

最早的开始，就是起源于我们俩人隔空对行道树的讨论。

燕居客：

去年夏天，我去河南省焦作市旅游，住在市区建设路的一家宾馆。

建设路绿树成荫,路两边耸立两列法桐,足有四层楼高。

吃晚饭时,我在附近餐馆点了两道湘菜,要了一份米饭,倒了一杯清茶。虽然室内还有座位,我还是选了室外法桐树边的座位坐下。

清风、微雨、食客、行人、车龙、高楼……在法桐构建的绿色长廊里,显得如此惬意;自然、人文和现代相互交融,如一首配乐诗,温情、和谐。

我的家乡古城阳夏的南北主干道也叫建设路。在这条路上,也曾经耸立着两列法桐。这两列法桐,伴随我走过童年、少年和青年时代。它们为我们遮风、蔽日、挡雨、吸尘,风风雨雨服务了几十年。

但是,就在2006年秋天的一个深夜,本地的官员一声令下,市民都在熟睡之时,法桐们被"集体枪决"。第二天黎明,善良的人们发现,与我们朝夕相处的法桐消失了。如今,家乡的建设路上是两列似乎永远不会成荫的可怜的女贞子。盛夏的古城,建设路俨然成了一条"热带",贯穿着城区的南北。

同样是建设路,同样是法桐,因在不同的城市,遭遇不同的政风,却有着不同的格局、不同的命运。

微雨:

几年前去过一次焦作,置身其中,被小城的灵动吸引。

一个北方小城，不摩登、不繁华，亦非古香古色，只是洁净中透出整齐，道路两旁伫立的各色绿树，自带一种清雅的气质。

在那个曾经名为"绿城"的城市，也有一条街叫建设路，不仅仅是建设路，"绿城"的很多街道的行道树都是法国梧桐。其中属农业路的最美。

两边法梧巨大的树冠几乎手牵着手。夏日，骑着自行车穿梭在农业路上，那遮天蔽日的绿色顶盖，遮住了似火骄阳，洒下一片清凉；挡住了蒙蒙细雨，留下一抹氤氲。秋天，一片金黄随风飘荡，与蓝天映成最美画面；车轮碾过遍地落叶，沙沙作响仿若歌唱。与同行的少年，一起松开车把拉一下手，继而洒下一串欢乐的笑声。

后来，肩负着省会的重任，城市改建，道路扩宽，高速路、立交桥，城市越来越大，交通越来越高级。在纵横交错的各种桥、路中，我常常迷失自己，我，身在何处？深圳？上海？南京？抑或，哪个都可以？

那绿色如云的顶盖，那一道亮丽的风景，那串欢乐的笑声，只能在梦里出现。

燕居客：

其实在我的家乡，同时被砍掉的还有谢安路上已经成荫的四列黑槐。

这些年来，谢安路上的树换了一批又一批，从桂花到女贞，这些观赏性强的树种在南方可以长得高大美丽，到北方冬季干燥、夏季炎热的气候下却只能勉强活命。那种像南方一样不仅绿色成荫还能五颜六色的希冀，也只是难以圆说的借口。

人人知道，外来的和尚会念经。从南方而来的树种，自是名贵、名贵、名贵……

微雨：

我常常会迷失在都市的街道中，望着那如流的车辆，纵横交错的水泥网络，感到头晕目眩。

或许我并不适合如此高级的城市生活。不然，为何时时想念那农业路上的法梧？为何心底常常会问，我们真的需要如此快速的发展吗？

2017 年 2 月

> 你，
> 正在被世界温柔以待

我们发发呆，
它却让生命绽放出绚烂光彩

　　Leo 推荐了一个书单，多达 60 本，斟酌了几遍，选中了《追寻生命的意义》。

　　中等分量的一本书，搜了一下介绍，关于奥斯维辛集中营的。

　　电影《穿条纹睡衣的男孩》带来的那种压抑和悲伤即刻袭来，一个亲身经历过那段历史的人，应该可以解开我一直以来的困惑：人在面对死亡的时候是怎样一种心情？

　　对这个问题的困惑来自 8 岁那年的记忆。

　　我 8 岁，小姐姐 10 岁。有一天，她突然对我说，一想到人最终都要死，我觉得喘不过气来，我的心里好难受！

　　那个时候的我还没有开始去体悟生死，但是小姐姐抓狂的表情却深深印在了我的记忆里。偶尔安静的时候，我会想，面对死亡，人会是怎样一种心态？心理该如何承受？

在纳粹设立的集中营里，时时刻刻如影随形的死亡会怎样让人精神崩溃？

跟随文字的展开，事实却是这样的。

被抓进奥斯维辛集中营的一千多名犯人，在经历了最初对"奥斯维辛"这几个字的恐惧后，绝大多数的犯人，不但没有精神崩溃、歇斯底里、以死反抗，而是很快按部就班地服从监狱的管理，暗自琢磨如何延迟走进毒气室的时间。

集中营的环境用恶劣来形容已经太过轻描淡写，极度匮乏的物质、高强度的劳动、毫无尊严可言的随意辱骂和鞭打，还有时时刻刻如影随形的死亡威胁。

震撼我心灵的不是集中营里非人的生活，而是，在这样的境况下，犯人们依然有比较、有小心思、有幻想、有欢乐。

相互交流如何讨得狱头的欢心少挨鞭子，想办法怎样从死掉的犯人身上扒下来一件衣服据为己有，因为自己的汤里比别的犯人多了几颗豆子而欣喜，看到别人拿到了相对好一点儿的工具而气馁，绞尽脑汁让自己看起来精神一些还能干活，暂时逃脱去毒气室从而再多活几天……甚至，还会有艺术和娱乐。

抛开常人难以想象的现实生活而言，从心理体验角度来看，犯人们和正常的社会人并没有什么差别。

终于理解了史铁生所说："其实每时每刻我们都是幸运的，因为任何灾难的前面都可能再加一个'更'字。"

为了避免那个"更",便可以适应死亡的威胁,并多出很多东西来。

其实,我们哪个人的哪一天,不是在面临即将到来的死亡的威胁?如果,非要用威胁的话。

我突然顿悟,死亡是一个终点,无人可以逃避,我们在意的,只是距离这终点的长短。

可是,这长短有意义吗?如果有,其中的意义,我们真的明了吗?

看完美国蓝天工作室出品的动画片《森林战士》,除了唯美的画面带来的震撼级美感,其中短短几十秒的一个镜头却烙印般刻在我的脑海里。

一个努力想要阐述自己看法的果蝇,从奶声奶气开始,结论还未得出就已是老态龙钟继而倒地身亡。

影片进行了夸张,实际上果蝇一个完整的生命周期有差不多十天。

即便如此,10天,240个小时。对于我们人类来说,10天能做什么?看完一本书?完成一趟旅行?然而果蝇,却完成了从卵、幼虫、蛹、成虫这样一个完整的生命过程。

那朝生暮死的蜉蝣呢?

"鹤寿千岁,以极其游,蜉蝣朝生而暮死,尽其乐,盖其旦暮为期,远不过三日尔。"

事实上,蜉蝣的生命仅有几个小时。

几个小时?发发呆就过去了吧!

蜉蝣,在这几个小时里,历经两次蜕壳,从容地练习飞行,谈一场风花雪月的恋爱,再洞房花烛交尾产卵,繁衍它们的下一代。

几个小时,忙碌、充实又完整的生命绽放出的绚烂光彩,有没有觉得亮瞎了人眼?

2012年在爱丁堡的街头,曾与同行的几个青年才俊对着天空大声宣告:"我们无法延长生命的长度,但是一定要把握生命的宽度。"

周国平在《妞妞》一书中曾有一段关于生命长短的记述。

面对已经被医生下了死亡判决书的新生的女儿,很多人劝他放弃治疗再生一个。当时他有一段话,不能认为一位70岁的老人的生命就比一个仅仅只活一年的婴儿的生命更有意义,虽然只有短短一年的时间,但是妞妞感觉了世界、感知了爱、感受了痛苦,就是一个完整的生命。原话不记得了,大意如此。

死亡有多大威力,生命就有多大价值。

你，
正在被世界温柔以待

生命的最大意义,在于为了活得好而尽最大的努力。
这样,才不辜负生命的意义吧!

2017 年 3 月

莫让明镜蒙微尘

听到三毛自杀的消息时我还小,记忆里当时对三毛还没什么概念,只是奇怪那部著名的小说《滚滚红尘》,红尘是个什么东西,还滚滚,莫名有着狼烟地动、灰尘四起的感觉。

现在回头看,还真的是尘世,滚滚的那种。

早上到办公室,办公桌上一层浮尘,昨夜下班又忘记关窗子。

微信响,通知说方案又被推翻。

"妈的",一边擦桌子,一边听到一个声音。

我心里一惊,因为发现这声音居然是我发出来的。

前面30几年,我从不会说脏话啊!

五祖弘忍让弟子做偈以选拔继承人。

神秀作:

身是菩提树，心如明镜台，时时勤拂拭，莫使有尘埃。

惠能看了神秀的作品，加以改良：

菩提本无树，明镜亦非台。本来无一物，何处惹尘埃。

结果和我们俗世不通佛法的人预料的一样，惠能的偈得到弘忍首肯，从而成为六祖。

的确，无论是普通的凡人，还是佛法高深的五祖，都清清楚楚认知到，"本无树，亦非台，无一物，何处惹"比"身是树、心如台、勤拂拭、勿惹尘"更玄妙、更透彻、更高级。

只是，对于平常人来说，要做到视身心若无物，视红尘为不在，太难。

太难的东西，距离过于遥远，就失去了意义。

哪个常人不是身体心灵皆深陷滚滚红尘？

就如当今中国的空气质量，有科学家研究表明当今的空气中所含物质越发丰富，新增了许多不明物。

现在的俗世，也有了更多难以抵制的尘埃。

横流的物欲，除却这肉眼可见的大颗粒物，还有看不见却无处不在的微尘,网络游戏、碎片信息、流量雷剧……

厚黑学、成功学、全民在娱乐……

看颜值、脑残粉、膨胀的自我……

这些微尘蒙蔽了我们的心,道德的高度越来越低,思想的深度越来越浅,梦想的追逐越来越无力,高贵的价签越来越低廉。

功利、懒惰、依赖、浮躁,却不自知。

而我们每一个人,从获得生命的那一刻起,父母寄予我们,我们寄予自身,我们寄予孩子,无不是希望这一世能够活得幸福、清明、阳光。

偏偏这滚滚红尘,诸多迷雾。

走着走着、长着长着……

困惑、迷茫、迷失……

身是菩提树,心如明镜台,时时勤拂拭,勿使惹尘埃。

身陷俗世,浮尘无处不在,不惹尘埃固然不可能,却可以勤拂拭。

反思、自省,从而调整、拨正。

不忘初心,方得始终。

2017 年 4 月

懂与不懂，我都在这里

仲春，再度飘雪，洁白、轻柔。

不，那不是雪，是白色的蝴蝶，在风的手指间，在阳的光照里，轻盈、自在、无拘、无束，飞舞。

是谁的愁思吗？"飞絮淡淡舞起，轻裳浅浅妆成。去时散漫住何曾？总付流光一梦。素心原无管束，岂为牵惹东风。旧时烟柳又满城，惆怅青衫犹冷。"

透过这遍寻不到出处的词，仿若看到一位容颜清丽的女子，素衣淡妆，倚窗眺望，眼神里写满淡淡的哀愁。往事昨夜光顾梦中，那人儿却不见踪影，"甚点点杨花吹起，又是旧愁来处"，漫天飞舞的杨花中，过往在记忆里还有温度，现实却徒增一丝冷意。

又是谁的离愁呢？"扬子江头杨柳春，杨花愁杀渡江人。数声风笛离亭晚，君向潇湘我向秦。"暮春，繁花已落垂柳叶茂，苍茫的长江被暮色笼罩,谁说男儿乏柔情?只是人间知己难寻。此一别,天涯各一,再无人懂我心声,欲借笛声诉离情,杨花却与笛声缠,更催离愁。"只道垂杨管别离,杨花一去不思归""细看来,不是杨花,点点是离人泪"。

对于世人而言,杨花"似花非花",因为缺少一般人所认知的花的属性,不艳丽、不娇媚、不多姿,而被人轻视乃至嫌弃。

嫌弃者多拿杨花与那些千娇百媚姹紫嫣红的花朵比较,从而揶揄杨花的颜色寡淡、身形单薄、分量轻曼。要么"杨花榆荚无才思,惟解漫天作雪飞",要么"轻飞乱舞,点画青林,全无才思"。

世间万物皆如此,有人厌烦就有人喜欢。历朝历代不乏多思多情慧眼独具的诗人、词人,真心欣赏杨花的美,热爱杨花的独特,给予杨花的宠爱和欣赏,足以令任何一种花儿羡慕。

杨花的独特,在于那轻盈的气质,那清冷的形象,那独具的性格,那创新的选择。

在宋代曹勋的眼睛里,这轻绡洁白的杨花,才是那真正懂春、知春、惜春的使者。"春光谁占得,杨花独自知。未到传消息,将归送别离。"

更有将高洁的情操寄予杨花的。

"不斗秾华不占红,自飞晴野雪濛濛。"不爱庸脂俗粉,只喜天地广阔;

"不肯画堂朱户,春风自在杨花。"不愿受制于雕梁画栋,只想随风自由自在;

"杜门无绪看芳菲,见说杨花满路飞。谢汝不随人冷暖,因风翻舞到柴扉。"不屑献媚世俗功利,却乐于送春到柴扉沟渠;

"杨花似雪雪应嗔,散漫轻飞太逼真。结习已消那得住,却沾尘土不沾身。"杨花俨然就是那一袭白衣,温暖纯良,向往自由,追寻梦想,集邻家小妹和高冷女神于一身的女子形象。

明清之前,杨花多是代表离情愁思,无论借景抒情,还是借花遣怀,即使揶揄其无才思,也绝无恶意。

到了明清,在《说唐》《小孙屠》《红楼梦》里,杨花却莫名背上了不专情的罪名,并从此难洗清白。

"百花长恨风吹落,唯有杨花独爱风。"杨花最爱与风、与水相伴,因为风可带她自由,水可许她漂流。轻薄的世人,哪里懂得杨花在春风里静静缠绵了一季的那份心事,哪里透析杨花上下翻飞的热闹表象下骨子里隐匿的那份凄清,哪里明了杨花随水漂流时内心坚守的那份圣洁。

杨花只是热爱自由。那奋然扑进风的怀抱的不管不顾,那毅然落入水中的忘乎所以,哪怕粉身碎骨,也渴望自由飞翔。

望着车窗外肆无忌惮毅然决然飞舞的身影,悄然一笑,悟到杨花传递来的心意——

你,或谩骂,或赞美,懂与不懂,我都在这里,我依然是我。

漫天杨花飘如雪,几人欢喜几人烦。
离愁情丝风与月,尽把心绪借予传。
绕过画堂奔丘山,有谁知我真心颜。
莫道奴家薄且浅,红尘俗世何相干?

2017 年 4 月

> 你，
> 　　正在被世界温柔以待

即使等不到繁花似锦，
也定然能得一脉馨香

　　这几日右肩痛，带动到右手伸举用力都有痛感。

　　开车时不自觉地右手就离开了方向盘，左手完全掌控，只在拐弯时右手上来助一点儿力。感觉还好，出行并不受限。

　　坐到桌前欲码字，右手伸出立刻痛得缩了回来，于是想，开车可以左手，操控鼠标应该也是可以的。

　　开始的确有些别扭，但是看着自己笨拙地实现一次点击，居然有些小开心。

　　小开心积累起来，渐渐竟然不是那么别扭和笨拙了。

　　10岁时有一天父亲好友小聚，突然唤我携带纸笔至席前。

　　父亲让一位叔叔写字给我看。

那位叔叔长得蛮帅。

在我盯着叔叔的帅脸看的时候，一行行漂亮潇洒的钢笔字在我眼前流淌而出。

我惊叹于那俊逸舒缓的笔画、恰到好处的间架结构、大小均匀的布列，却觉得哪里有点儿别扭。

叔叔笑而不语，然后伸出了他的右手。

哦，刚刚写字的是左手。

那右手大拇指和小拇指之间是一个截面，就如我们平日里随意比画"六"时的手势，只不过，叔叔的这个"六"是永远的。

叔叔告诉我，曾经他的右手在生产中被机器切断了中间三根手指。后来他想，那就用左手写字吧，练了一年，写出了现在这样的字来。"一开始左手握笔很别扭的，旁边三岁的儿子拿着笔正在胡乱画，画出的线条歪歪扭扭。我就想起小时候学写字也是这种感觉，现在，就当自己是个小朋友吧！事实证明，大人积累的经验还是很管用的，大半年吧，我已经觉得我的左手就是右手了，只是称呼不同而已。"

超级演说家第三季有个无臂美女雷庆瑶，90后，爱穿旗袍，爱化妆，游泳绘画骑自行车，双脚比普通人的双手还灵活，开了家文化传播公司，还是电视台主持人。

她笑着说，没心没肺的闺密出国回来，嚷嚷着：庆瑶，看我给你带了什么礼物,一条精美的手链,快来试试!她笑着把脚伸了过去。

没有被感动哭,而是被萌到笑。

我的家里还有一个身材娇小却备受关注的成员,一只名叫糖果的狗狗。

爱撒娇,爱吃美食,对美食到了挑剔的地步。

有一次给她一颗剥去外壳的杏仁。

数分钟后才看到她咔哧咔哧香甜地咀嚼。同时,在地上发现了一个几乎完整的杏仁外衣。

用五指不分的小爪子和长长的嘴巴,耗时数分钟把薄薄的杏仁外衣剥除,呵呵,手指纤长灵活的人类做起来都觉得费劲儿的事情,糖果做得耐心又开心。

看到那些能够做到常人难以做到的事情的人,我们常常在敬佩之余感叹 TA 背后忍受了多少痛苦。

如果痛苦和疼痛紧紧相连,那么痛苦和做成一件反常规的事情是两码事。

如我,此时疼痛的是右肩。我的左手感觉很舒服,用左手操控鼠标,就是重新学习一遍,这种别扭,当初右手也曾有过。

如那个叔叔,疼痛在三根手指的伤口愈合后就已结束,要面对的就是让左手掌握右手会的技能,重走一遍右手走过的路。

如雷庆瑶，断臂愈合后疼痛已然消失，要面对的是习惯没有了双臂，让脚学会本不属于它的技能，承担起双重责任。

世人用自己的心度量出的痛苦，更多的是和"积重难返"的斗争。

伤口总有愈合的时候，疼痛不管你要不要忍耐、能不能忍耐都会到来，也总会离去。

而一项技能，要不要掌握它，却完全在于你有一颗怎样的心。

所谓痛苦，更多的是突然失去了一个可谓之成功的习惯后，换个方式再次获得这项技能的过程中不断产生的急躁和气馁。

残疾的从来不是身体，是心态。

像个孩童一样，怀着一颗赤子之心，保持着内心的简单快乐，一遍遍尝试，一天天坚持，收获其中的小确幸、小开心，笑过其中的小别扭、小尴尬，静待花开，即使等不到繁花似锦，也定然能得一脉馨香。

有心在，身体总能创造奇迹。

2017 年 5 月

> 你，
>> 正在被世界温柔以待

二十八九的女孩子恨嫁，三十八九的女人想离

朋友离婚。

原因很普通，老公出轨。

不想说那个人多渣，因为朋友自己很平静。

他们高中相识，恋爱结婚生子，两口子原本都在体制内，有着一份撑不着饿不死的工作。人至中年，为了给儿子一份好的生活，朋友辞职下海自己开店，男人还在单位耗着，隔三岔五回家或到店里帮帮忙。

朋友最初发现时，给男人机会选择，断了，回家，日子继续好好过；断不了，离婚，各走各。

男人在两个女人间游移了一年，朋友一直没哭没闹。

谈这些的时候朋友很平静，说前天办了手续，昨天前夫还一如

既往地早一个电话晚一个电话地问候,第二个电话她只得说:"以后没有什么重要的事情请不要再给我打电话了。"

多么可笑的男人,觉得女人一直没哭没闹,离了婚也是假的吗?继续坐享齐人之福?

问朋友难过吗?朋友笑笑,说,不。

问朋友恨前夫吗?朋友略一思索,说,不。

相识20年,已经太过熟悉,即使离了也是一个熟人。儿子小的时候他就指望不上,现在儿子大了,离了觉得自己一下子轻松了。

也无风雨也无晴。

提起公婆,朋友立即泪眼婆娑,说:"两位老人对我太好了,真心舍不得。"

同事C,相处数年一贯温文尔雅,谈笑自若,爱读书,喜助人。

偶一日,碰到她打电话,口气冰冷,感觉要拒电话那头于千里之外。

诧异,问谁惹到她,她微微一笑,说:"老公,习惯了。"

原来,她先生整日繁忙,家里大事小情都劳驾不到。偶然在家,也是沉迷于手机或思索工作,对她们母女视若不见。

谈过,问觉得这日子有没毛病?答曰:"没,抱歉,可以为你和女儿献命，就是没时间听你们说话。"

他老公大概自诩李达康，虽离市委书记相差十万八，却弄得跟个市委书记一样重要且繁忙。

她本是钟小艾，面对老公却不知不觉变成了欧阳菁，当然，不涉嫌贪污。

你没有嘘寒问暖，我哪来温柔如水？

抱歉？抱歉不欠！

一日几个朋友闲聊，都是独当一面英姿飒爽的都市丽人。

论题是，婚姻行进到十几二十年，对女性还有什么意义？

"我现在经济独立，完全不需要他的钱。"

"现在家里基本没什么脏活累活，偶尔有，找个工人分分钟就解决了。"

"我现在心智成熟，早不是青涩的小姑娘，需要缠绵的情话来慰藉，问题是，他既顾不上，也没心思。"

最后的结论是，对于都市女性而言，当婚姻中抚养孩子的任务面临结束时，剩下的主要功能是相互的陪伴。大家都在工作，如果你非得弄得加班比家重要，手机比我好玩儿，令这个功能几近丧失，婚姻就变成了一口毫无生气的冰窖。

有个老婆，孩子有人带，到家有热饭，衣服有人洗，房间有人打理。

有个老公不知冷不知热，要来何用？

嗯，不如买台空调。

怪不得，都市里这种现象越来越成为一种现象。

二十八九的女孩子恨嫁，三十八九的女人想离。

前一段，79岁的琼瑶被推到风口浪尖，为要不要平鑫涛安乐死与继子女开撕。

因为平鑫涛失智，琼瑶情绪失控。

之前数年平缠绵病榻，琼瑶照顾有加，因为平可以每天回答出琼瑶的三个问题：1.你好不好？2.你有没有不舒服？3.你爱不爱我？

如今平病情恶化，无法识别琼瑶，更无法说出我爱你。

这让琼瑶很崩溃。

人们解读琼瑶，可以日日照顾，但不可以不认我不爱我，爱情大过天。

琼瑶挚友解读，病榻照顾三年，认得出我，能说爱我，是判断病症程度的标准，爱情是验证生命尊严的最可靠方式。

很多媒体发文，称79岁的琼瑶把自己活成了琼瑶剧。紧接着批判，一生都沉浸在爱情里，一生都爱情最大，是因为平鑫涛把她照顾得太好，不用食人间烟火。

七老八十了还要说我爱你是因为琼瑶不食人间烟火？无法苟同。

虽然小三上位，但是和平鑫涛相伴三十多年，三十多年不用吃喝拉撒睡？出版几十本小说，创建影视帝国，拍电视、拍电影、选角色、做宣传，对了，还有和双方的继子女相处。

这样的生活还可以不食人间烟火？

世人认定"婚姻是爱情的坟墓"，爱情这个奢侈品必须用观世音菩萨净瓶里的神水才能滋养，打着养家大旗天天奔波劳碌的直男们，哪里能有爱情？

你琼瑶平鑫涛非得活得如此与众不同，非得把奢侈品天天当饭吃，非得把世人懒惰自私的遮羞布扯掉，那你不是奇葩就是仙，必须不食人间烟火，管你吃的也是大米白饭。

把奢侈品变成生活必需品，琼瑶平鑫涛，我服！

中年妇女还谈爱情？算了，洗洗睡吧。

2017 年 5 月

月光下的莲石湖

"生活不只眼前的苟且,还有诗和远方。"

好不容易盼来的假期,被加班搅黄,闹心!

想着计划中的青海湖,满心沧桑。

生活究竟要有多少无奈和悲伤?要多少明明力不从心却不得不强颜欢笑还要美曰"从心"的大写的"怂"?

难道这就是生活?只有眼前的苟且?

实在拗不过,打开地图,搜一个就近的公园逛逛吧,聊以自慰。

莲石湖湿地公园,十几公里,这是个什么地方?这么近却从未去过,权当小婴儿拿来糊弄的奶嘴儿吧,虽没有母乳的芳香,却也能得到吮吸的慰藉,多少填补一下胸膛里这个一直忿不过喋喋不休吐槽的心。

驱车，十几分钟。

免费。朴素的铁门。

跨过铁门，走过一段下坡的水泥路，偌大的一片水域呈现在眼前，水边有芦苇、有蒲草，乱草中有很多人们自发踩出的泥土小道直达水边。

环水，有红色塑胶骑行道，有青砖砌就的人行道。

放眼望去，人工造型的痕迹不多，有着原始生态的面貌，透着几丝野气，却又不是完全的凌乱和无章。

闹腾的小心脏立刻放缓了脾气，沉静起来。

临水有人垂钓、有人放生，环水有人跑步，有人骑车，更有爱美的就着一片花朵、一丛蒲草、一汪清水，或自拍，或他拍。三三两两，神态不同、姿态各异，却都透着自在和气定神闲。

水域分为几片，形状大小各不相同，不规则、无定势，处处透露出湿地的气质。

水边的几棵小松树旁，居然巧遇一对遛松鼠的年轻人。

毛茸茸的黑灰色小松鼠脖子里挂着精致的小项圈，抱着一枝松枝不停地嗅着，牵绳的男孩儿半蹲着身体，目不斜视地盯着小松鼠，细心地把绳子绕过，生怕缠到或挂到哪里影响了小松鼠的行动。

女孩儿则在一旁一边观看一边细心提醒。

男孩儿告诉我，在家里喂给小松鼠生的松子和玉米，有时间就带它出来遛遛。

行至两个水洼交界处,太阳已经落山,一轮明月升起。

暮色中灰蓝的天,明月圆如玉盘,倒影在清湖上留下一片亮亮的光影。那环绕的暮色中的蒲草和芦苇,变为深绿。

流水从断开的土层流往下一层,淙淙的,小小的声音在月光下清脆悦耳。

此情此景,莫名,整个人沉醉起来。

最初的愤愤然、悲戚戚,无影无踪。

突然想起《莺莺传》里的一句:"还将旧时意,怜取眼前人。"

生活从不缺乏美,只要有一颗感悟美的心灵,一双发现美的眼睛。

远方的不一定都是诗,眼前的也不一定就是苟且。

2017年8月

你，
正在被世界温柔以待

生命就是下一秒的记忆

  是谁在敲打我窗／是谁在撩动琴弦／那一段被遗忘的时光／渐渐地回升出我心坎

  那缓缓飘落的小雨／不停地打在我窗／只有那沉默无语的我／不时地回想过去

在这个宁静的午后，和微雨一起听一曲蔡琴吧，和年龄无关，或许，你会喜欢这种感觉。

  如阳光穿透纱帘
  那一抹亮光勾起久远的思绪
  如清风拂动纸页

那跃然的字迹翻开关闭很久的心扉
如食物搅动味蕾
那份熟悉的气息唤起一段久违的记忆

亲爱的
你是不是也如此
偶然
在不经意间
被触动心底的那根琴弦
弹奏的旋律虽然古老,却让你愿意沉浸其中,慢慢体会
不论它
或甜蜜、或悲伤、或酸楚、或遗憾……

有个失恋的姑娘,说她宁愿做一条鱼,因为,鱼的记忆只有7秒,她愿意,忘却一切,悠游一圈,回来所有都是重新来过。

有个临盆的孕妇,受不了宫缩的疼痛,更无法在亲人的冷漠中继续忍耐,从五楼一跃而下,用终结生命的方式来结束痛苦。

可爱的姐妹啊,抛却记忆绝不是新生,终结生命更对不起自己。

你可想过,记忆是个什么东西,生命又由什么组成?

记忆,就是生命

这一秒的生命,就是下一秒的记忆

这一秒的记忆,就是上一秒的生命

每一分、每一秒,生命都在无法阻挡中变成记忆

只要你有勇气把此刻痛彻心扉的生命变成可以面对的记忆

你就可以从曾经无论何种滋味的记忆中回味出此刻更绵久的甘甜。

姑娘,你会明白,生命的意义

绝不是一段负心的情感可以承载

绝不是一段彻心的疼痛可以覆盖

绝不是一段短暂的失意可以替代

当你的心,在世间浮沉中煅烧、淬炼

那种强劲

可以把所有甜蜜、感动、幸福、酸楚、痛苦、失落……

统统装进记忆的酒窖

酿一杯,生命的醇香

2017 年 9 月

人生不惧苦难多,但有岁月可回头

提起吃苦,人们的第一反应是,能免则免。

"我这么努力,就是为了让我的孩子少吃点儿苦。"这话,你一定也说过。

可是,亲爱的,你有没有发现这样一个现象?

很多人喜欢回忆苦难的岁月。

喜欢?

对哦,你仔细看,首先这回忆,多是主动;其次,在回忆的过程中,一边感慨万千,一边无限怀念,颇有仿若品味一杯陈年佳酿的感觉。

趋利避害,是人的本能,所以人人都不愿意吃苦。

很多苦难是迫不得已,是被逼入绝境。

但是,人究竟是人,在本能之外还有被称之为高层次的精神需求。

肉身承受了苦难,精神却从中汲取到甘露。

一个闺密,老公工作繁忙,她自己一手把女儿带大。几近隐形单身母亲的日子可供回忆的太多:一手抱娃,一手拎着两大包亲戚给的旧衣物爬七楼时胳膊的疼痛难耐;凌晨两点抱女儿看急诊的焦躁恐惧;大雪天一人推着小童车步行三公里的亦步亦趋。

谈起这些,她面容上泛出的是淡然的微笑,"正是那样的日子,让我觉得女儿如此可爱,让女儿成长得如此独立,让我和女儿的感情如此亲密,发现彼此是多么重要"。

苦难使我们懂得珍惜,苦难让我们学会珍爱。

苦难给我们勇气,在与它的斗争中发现更强大的自己;苦难给我们机会,细细咀嚼它的同时挖掘更坚韧的自己。

我曾经写过的那位制琴大师(《只想做个手艺人》),对每一个学琴的孩子都慷慨善良,幽默风趣,调琴从不收费。

一日聊天,回忆起他的一段岁月。

十几岁时独自在武汉求学,遭遇小偷,一个月的生活费只剩五元。那个年代的孩子孝是本性,不好意思告诉家里,只好强撑着等待下个月生活费的寄来。为了最大限度有饱腹感,他想到了白水煮面条,在吃了20天白水煮面条之后,由于连日大雨,本该到达的生活费还没到,他又吃了10天的白水煮面条。

我咋舌:"从此看到白水煮面条就反胃吧?"

老先生微微一笑:"我现在最爱吃的就是面条!"

苦难是一种洗礼,苦难是一种升华,在与苦难为伴的时光里,我们褪去浮华,发现生命的本真,找到更好的与自己、与环境相处的方式。

正确面对苦难,它会给我们打开另外一扇观察世界观赏人生的窗,豁达、善良、宽容汇聚成一缕阳光,给历经苦难的心灵镀上一层金光。

除了迫不得已,还有的苦难是人自己设定。

对,自讨苦吃,是为了追求更高的目标。

这样的苦难饱含着希望,这样的苦难是一种见证,见证成长,最终变成一枚勋章。

28岁那年我准备考研,背水一战辞了工作,一边全力抵抗一个社会人的懒散心情,一边为了恶补英文每日学习到凌晨两点。第二天早上8点吃完早饭坐在书桌前时头昏脑涨,一阵猛甩,把脑袋摇得像拨浪鼓一样,甩走眩晕甩来清醒。

如今躺在床上拿着手机刷屏的时候,常常会想起那凌晨两点刺眼的白炽灯的光芒,于是匆匆放下手机,掬起一捧墨香。

苦难,有的时候会把一种理念刻入灵魂,把一种习惯写进道德。

现在即将奔赴美国求学的琴童谯智,当年为了备考中央音乐学院附小,母子二人租住在没有自来水的地下室里,与当年的朗朗并无二样。

每日 8 小时的刻苦练习，因为姿势不对、音准欠佳而遭受与母亲约定好的肌肤之痛的惩罚。

现在回忆起来，疼痛早已过去，唯剩骄傲。

骄傲和满足，是与苦难一番较量后，它终于低头奉上的朝贡之物。

人生不惧苦难多，但有岁月可回头。

2021 年 1 月

养一株植物陪伴

刚入职的时候,捡到一盆被遗忘的白掌,偌大个花盆,杂乱的草根中残存着一株瘦弱的幼苗。捡回工位,擦花盆,除杂草,拭叶片,很快有了个植物的模样。此后,定时浇水,精心照料,不出一月,茎秆长高,逐显挺拔,叶片渐多,肥大墨绿与轻薄嫩绿相间,昔日羸弱的幼苗竟呈亭亭玉立之姿。每日目光从屏幕前挪开,停留在一片绿意上,顿觉轻快。

又数月,绿叶中抽出细嫩的花葶来,上面顶着个小小的花苞,哈,要开花了耶!喜悦立刻充盈心房,此后,日日上班满怀期待,肉眼可见那花苞从小变大,由瘪至饱,由深绿到浅白,直到有一日下班,看那小东西已经饱胀到马上要炸裂的模样,恋恋不舍地离开。

第二天一早,上班的脚步变得轻盈,心中满满的期待令日常的招呼也涂上一抹莫名的热情。终于，眼光触及那一片葱绿中绽出的一朵白嫩，心里那个满足与甜蜜无法形容。白掌，又名一帆风顺，那花朵被花葶托起，高高地直立于绿叶之上，白色的苞片斜着向内卷曲，露出淡黄的花蕊，似白鹤翘首，更如一叶白帆行驶于绿波之间。绿的平静，白的纯洁，挺直的孤傲，轻抚烦躁的心归属一片祥和。

自此，这盆白掌成了我心灵的栖息地，把每个叶片擦拭得一尘不染，用绝不留一片残叶的茶水浇灌。渐渐，根部不断长出新的植株，一年的功夫，原本的孤家寡人变为郁郁葱葱的大家族，花自然多起来，约好了似的，排好了花期，月月有新花绽放，令偶然来访的同事无不驻足称赞。不知不觉间，这盆白掌竟在单位有了名气，很多人都知道我养了一盆四季花开不断的一帆风顺。

一晃三年，要搬至北京，把我的白掌托付给常来看她惦记她的年轻同事，一再叮嘱，好好善待。离别后，每隔一段时日，小马会发张照片汇报一下白掌的情况，一开始，是又开了几朵新花儿；再过一段，是那么多植株，被其他人一一分去，剩下三株；又过一段，一个意外，三株遭受创伤，但仍顽强地活着；再过一段，小马有了女朋友结了婚，我的白掌就再无消息。有白掌陪伴的日子，那一缕清幽永不消散。

2021 年 9 月

松　堂

北京香山脚下有一片千年的白皮松林，里面是上百株高入云端的白皮松，还有一个亭台，安放着乾隆题词的高大石碑，这片古迹便被称之为"松堂"。20年前，我住在附近，每日里从山上下来外出采买必要经过松堂。附近的人嫌距离远，便穿过松堂走出一条近道。20出头的我从来不走近道，都是规规矩矩沿着松堂外侧的石砖路匆匆而过，不是我多么遵守规则，而是因为不敢驻足，更不敢流连，甚至不敢直视。因为总觉得幽暗的松林、低沉的风声、阴沉的亭台，有点儿阴森，令人心悸，叫人胆怯。

时隔20年，再次来到松堂，难得的北京冬日晴空，远远望去，一片银光在蓝天下闪耀，第一次发现阳光下白皮松的树干有这么神奇的功效，高大的树冠在云端形成一片墨色的浓绿，端庄、大气。走进去，世界一下子幽暗了，树干耀眼的光芒神奇地消失了，取而代之的是一片片斑驳的纹路，犹如年久失修的墙壁，伸出手去轻轻一触，一片树皮便悄无声息地掉落，刹那，就找不到它的身影，因为地上，早已是成堆的形状各异的落片，犹如一堆风残的记忆，与透过松枝缝隙洒下的阳光斑驳的影子相映着，把人的心慢慢放轻松，放沉静，放无畏。

　　踩着一地的斑驳的树皮，信步走进位于松林中间的亭台，原本直接展示给世人的乾隆碑刻现已围上了一层铁制的栏杆。石碑上，仔细端量这位集"位、禄、福、寿"于一身的"四得"皇帝的字，行书，华润、俊美、甘甜，完全没有一丝一毫的锋芒或是遒劲之感。我脑中微光一闪，这位长寿、政绩显赫且情感丰富的天之骄子，正是有了如字的性情和心态，才有了那样的一生吧？

　　回想起20年前，心怀忐忑匆匆而过的那个我，不由得嘴角扯起一丝轻笑，抬头仰望古松，世人的悲欢离合，酸甜苦辣，昂扬的斗志抑或寸断的肝肠，在这古松眼里，都只不过是一片兀自静悄悄剥落的树皮而已，如此想着，由这一趟追忆之旅带来的悲情遗憾，顷刻间化为林间的一缕清风，散了。

2021 年 11 月

@你,正在被世界温柔以待

手表轻微振动,屏幕上闪烁出一行字"@微雨,你曾被世界温柔以待"。

什么是温柔以待?

在这世界局势动荡不安,疫情困扰了众人的三年,总是不时看到、听到各种因为战争、疫情、灾难令生活陷入困顿,甚至生命陷入危险的人、事的时刻,生活中的每一个小确幸,都值得品味、珍惜,从而满怀感恩,向阳而生。

同事小哥从外面回来,从怀里掏出一支雪糕递给我,苦咖啡,我爱的口味;

微信闪烁,一个朋友问:在吗?你喜欢的紫竹扎根了,来拿;

收到一个快递,学习篆刻的老同学自制一方印章,别具匠心地把"微"字幻化成雨中漫步的长发女子,功力虽离大师还远,却创

你，
　　正在被世界温柔以待

意满满；

　　忘年的老友每日发来清新雅致的早安小图片，开启元气满满的一天；

　　微信即便很久不联系，心底却清晰地知道，只要有事情，永远都会给我满意答复的几位师长；

　　公众号无论更新多么不及时不规律，一直不离不弃的素未谋面的朋友；

　　乃至一碗好吃的粉，一杯醇香的咖啡，一朵美丽的花，一只搞笑的猫猫……

　　除却血缘和至交，所有的美好、快乐、温暖、感动，哪怕只是一瞬间，一刹那，都是小确幸，都是这个世界待我们的温柔。

　　年后单位搬了新地址，好多朋友替我发愁，路程远了十几公里，原本一个小时的路程，多出一半来，每天通勤要在路上奔波三个多小时，对生命是多大的浪费！怎样才是最简单最好的解决方案呢？

　　揣一本书在包里，长长的地铁时间，每日可以翻看二三十页，一个月下来，三四百页的书，刚好读完一本。曾经总被搁置的读书计划，终于开始顺利执行。

　　地铁旅途上的第一本，是季羡林的《园林晓月远行人》。这种散文很适合地铁，小而精，短而美，不至于像小说篇幅很长引人入胜有坐过站的风险。着眼于生活中的花草鸟兽，衣食住行，在季老简洁优美的文字里，花木多情，鸟兽有灵，一边感叹大师善于捕捉的眼睛和细腻的灵魂，一边悟到：有心处处都有爱，有爱事事皆有情。

《丝瓜》一文中细腻的观察，别样的视角，季老对丝瓜智商的惊叹令人哑然失笑，笑罢，已把生命的神奇刻于心底。《老猫》中猫猫可以预知自己的寿终，并妥善处理绝不烦扰主人，引季老深思，更给了我们醍醐灌顶、开化冥顽的契机。

近些年年轻人流行爽文，喜欢爽剧，"圣母""白莲"成了鄙视厌恶的称号。那种在生活碾压，现实拷打中，需要在虚拟世界里体验升级打怪，以眼还眼，以牙还牙，活得酣畅淋漓的感受，很真实。

只是，现实不是网文，也不是网剧，这个世界从来不是非黑即白，微如蝼蚁的我们更不具备女主男主莫名的神力和总是恰逢其时的运气。真实的生活还是需要努力、需要隐忍，所以，我们在忍耐中、思索中逐渐成长。在尝尽生活的苦之后，就会越发良善，越发敏锐，越发容易感知美、感知爱，并将其传递。

善良积累的福报，就是世界待你的温柔。

2022 年 3 月

换个角度看世界

牙膏要从哪头挤才是对的？

如果想吃的不能吃，想喝的不能喝，自己喜欢的事情都不能做，长寿真的还有意义吗？

坚持究竟是个什么玩意儿？是简单的一遍遍重复，还是每次都有新发现的逐级探索？

做人，是要快意恩仇、酣畅淋漓，还是要动心忍性、卧薪尝胆，更或者众人皆醉我独醒，活出自我？

这个世界，从来都不是非黑即白；制定规则，一方面是为了规范人类的言行，一方面，是为了用来打破……

对不起,我没有时间和你撕

三个月前,闺密琳达告诉小微,刘倩又在背后说她坏话了。

小微在全校大会上作为青年教师代表发言,刘倩说小微的声音太难听了,像公鸡叫。

小微只是微微一笑:"那也得像母鸡吧,至少我是个母的这个事实不能歪曲啊!"

琳达气得大叫:"小微,你能不能争口气,不要这么窝囊!"

对小微,琳达真是恨铁不成钢。

刘倩找小微的碴儿,在背后说小微的坏话不是一次两次,一天两天了。

小微毕业后初来学校,校长召集几个年轻教师开会想选一个知识竞赛主持人,会上小微毛遂自荐,经过几轮测试后站在了知识竞赛的主持台上。刘倩就和其他几个年轻女教师嘀咕,这么积极主动的女人,其他方面一定也会很主动。

琳达告诉小微,小微说:"嗯,是的,如果我觉得事情值得去做,我是会主动。"

天,刘倩话里哪是这个意思!琳达想给小微再指明一点儿,小微却和她讨论如何让班上一个对作文头疼的孩子喜欢上写作文。

再后来,小微的课被评为优质课,推荐到区里参加比赛。刘倩说,刚毕业的小老师爬得这么快,大家可以琢磨琢磨一下深层原因哈。看着刘倩那似笑非笑饱含深意的神情,琳达恨不得上去撕烂她的嘴。可是转身告诉小微,小微却说:"欢迎探究!"

最最可恨的是有一次,小微获得了全区青年教师基本功大赛的一等奖,这是全校第一次有青年教师获得这个奖项。

办公楼走廊里,刘倩堵住小微,拿出一贯说话的方式:"小微老师,恭喜恭喜,你这么厉害,是瞄准了教导主任的位子了吧?"

不知道是不是巧合,教导主任就在十米之外站着。

小微还是微微一笑,答曰:"刘老师太低估我了,我看中的是教育部部长的位子。"然后转身进了办公室。

"你是怕刘倩吗?"琳达单刀直入。

"怕她?什么意思?"小微瞪着一双澄澈的眼睛满脸迷茫。

看来不是装清高,难道真的是个傻白甜完全不识人心险恶吗?

今天,当小微拿着中国人民大学的研究生录取通知书抱着她开心地跳起来的时候，看着远处刘倩灰色的脸，琳达突然明白了小微每次用微笑解决嫉妒、挑衅的原因。

对不起，我忙着准备飞翔，没有时间和你撕。

那些亲戚翻脸这么快，是雨轩所没有想到的。

3年前，雨轩的一个好朋友转行做投资，告诉他自己手里有个好项目，回报率有望高于30%。雨轩把自己手里的50万投进去，谁知，当年就拿到了15万的红利。

亲戚朋友知道了纷纷打探，雨轩如实相告，自己信任那个朋友的为人，项目也调查过，是当前的潮流，但是投资有风险，钱是个人的事情，需要自己做主。

第二年，当雨轩再次拿到近20万红利的时候，那群亲戚再也坐不住了，纷纷拿出钱来要投资，并纷纷声明，这是他们自己的行为，和雨轩没有任何关系。

一个月前，朋友告诉他新一轮投资的项目失败了，钱估计得两三年才能翻本。

消息刚刚告诉亲戚，没想到立即就有人堵上门来。

哭闹咒骂，还有要抹脖子上吊的。

雨轩告诉亲戚，自己的80万也在里面，朋友答应分3年慢慢还清大家。

亲戚的咒骂更响，有一位叔叔开始砸桌子，还有一位姑姑声称要从雨轩家的阳台跳下去。

这时,子怡走了出来,扶起因为跟亲戚理论而哭得几乎要昏过去的婆婆,拍了拍面容沮丧的丈夫雨轩。转身清清楚楚地对撒泼打滚的亲戚们说,请每个人登记一下自己投资的数额,两个月内,我们把房子卖掉,还清各位的本钱,利息大家就不要想了。

房间里立刻一片安静,随即,亲戚们便开始满怀歉意又掩饰不住高兴地登记起来,每一位临走都不忘对雨轩说句安慰的话。

两个月后,雨轩一家从西三环160平的房子搬进了西五环80平的房子里。

虽然挤点儿,不过爸妈健健康康,儿子依旧乖巧努力。

雨轩揽住子怡,告诉她亲戚的钱都已经还清,朋友那边也已经把亲戚的债权都转移到他的名下,三年后,如果项目有起色,除了本金,他们预计可以获得100万的红利。

对不起,我忙着享受夫妻恩爱,天伦之乐,没有时间和精力戳破你的谎言对簿公堂。

生命从诞生那一刻起,就在朝着死亡一步步迈进。

相逢从遇见那一刻起,就在朝着分别一点点靠近。

想做的事太多,要爱的人又那么真切。

无论做事还是爱人,都需要花费时间和心力。

对于有些人,有些事,不计较,不撕,或许你会认为我是懦弱，或许你会认为我是傻子，更或许，你认为我情商智商均不在你的水平线上。

对不起，真相我都懒得告诉你，不和你撕，是因为你不值得我花费宝贵的时间和精力。

2007 年 3 月

> 你，
> 正在被世界温柔以待

换个角度，是一种妥协，更是一种方法

因为牙膏从底部挤还是从中间挤闹到分手的案例我是从网上看到的，身边的萌萌却因为马桶垫差点儿离婚。

萌萌是个传统的女孩儿，结婚了才和轩住到一起。没几个月，两个人就经常吵架，原因说来好笑，因为上厕所。

轩有个毛病，上洗手间小解总是忘记把马桶垫掀起来，有时候就会出现尿液滴或溅在坐垫上的情况。萌萌提醒过轩很多次，轩每次都答应得好好的，可是没几天就会又忘记。

反复的次数多了，萌萌开始感到忍无可忍，终于有一天俩人大吵一架，萌萌说轩连这点儿小事都记不住做不到，根本不爱她！轩则说萌萌太矫情、太作，屁大点事都能上升到爱与不爱，实在受不了。于是萌萌放出狠话，离婚！轩也毫不示弱，说谁不离谁是孙子!

倾诉完毕,萌萌说:"你说,他是不是根本就不爱我?爱一个人,不是应该把她的喜怒哀乐放在心上吗?我这么在意这件事情,而且不过是举手之劳,他怎么就做不到?"

"既然是举手之劳,那么你每次上完厕所把坐垫掀起来,轩再上厕所就不用操心了,事情解决了,就不用离婚了吧?"我笑着看着萌萌。

"我每次掀起来?哦,那不是等于我向他低头了吗?"萌萌对我的提议颇感诧异。

"最终目的是解决问题,不是吗?难不成,真要离婚?"

之后萌萌是不是每次上完洗手间就把马桶垫掀起来我不知道,只知道萌萌没有离婚,也不再为马桶垫的事情吵架而向我倾诉。

曾经看过一档电视谈话节目。

一个学习通信专业的大二女生,小时候曾练过多年小提琴,考到业余七级,后因为学业太紧,被迫放弃。考上名牌大学读了通信专业后,女孩儿对小提琴念念不忘,到最后完全没有心思继续学业,竟向家人提出要退学,重新学拉小提琴。

节目中女孩儿非常执拗,一心觉得自己最爱的就是小提琴,八岁通过业余七级考试的过往让她觉得自己蛮有天赋,当年就是年龄小,不知道选择自己最爱的事情,被迫放弃,如今心智成熟,如果不重拾小提琴，自己会后悔一辈子。

现场女孩父母也甚为迷茫，当初帮女儿做的选择如今已经出现问题，现在女儿如此坚持，更不知该何去何从。

主持人听完女孩儿的倾诉，既没有分析劝阻也没有鼓励推进，而是请出了中央音乐学院一位小提琴老师。

小提琴老师现场一曲演奏完毕。主持人请教，要想练成他这样的专业水平，一般人需要如何做。

老师答曰："小有天赋，四五岁学琴，每天练习四个小时，二十年。"

主持人转头问女孩儿，"你觉得老师拉小提琴的水平和你的水平相比如何？"女孩儿羞涩地低头："差得太远了。"

主持人微笑着说："既然喜欢，又有曾经的基础，现在利用业余时间开始练，那么好的大学，也是你熬了多少夜，经过炼狱般的高中生活才考上的，咱也好好上，三五年后，我相信你会成为通信领域最会拉小提琴的，小提琴领域最懂通信的，可好？"

女孩儿豁然开朗，父母也愁眉终展。

主持人睿智！

朋友军，儿子3个月时离婚。

自离婚，前妻一直不曾来看望儿子，军既当爹又当妈拉扯儿子长大，那苦吃得常人难以想象，心中对前妻怨恨日浓。

儿子长到3岁，前妻突然联系，提出想见见儿子。

军一口回绝。

"你就当从来没有生过这个儿子吧！"

自此，前妻年年求，军年年都是这一句。

又过三年，军终于重新恋爱，结婚。

前妻又要求见儿子。这次，军最终答应了。

我颇感诧异，是什么让军改变了六年来的执念？

军说："是我老婆。"

"她说当年我前妻撇下儿子一走了之，太不负责任，这些年我一个人带着儿子的确不容易。我用不让见儿子来惩罚前妻的狠心她可以理解，可实际上这种做法同时也惩罚了儿子并为难了她。儿子长期缺乏母爱，她的到来使我和儿子都对她充满希望，希望她可以对儿子倾情付出、视若己出，可她坦言她真心做不到。如果我同意前妻看望儿子，有了她们母子亲情的滋润，儿子会幸福很多，她也可以轻松不少。"

然后军笑着说，真见了前妻，发现并没有自己之前想的那么厌烦和尴尬，儿子、老婆、前妻和我，四个人相处得还算融洽。

最后，军感叹道，真没想到，老婆的一番话，换了个角度，解决了我这么多年来的心病。

上次推送了《念念不忘，必有回响》一文，希望有理想有追求的朋友可以执着于自己内心最深处的渴望，默默坚持。但万物皆有度，即使真理也有它适用的范围。

执念是一种做事的态度，也是一种处事的哲学。一时是对，一时或许就会引人误入歧途。

驱车百里，在一个游人如织、摩肩接踵的名胜耗费了一日时光，看到的可能只是一块名满天下的匾额；为追校花费尽心机的夏洛，在梦想成真遍尝繁华后才明白最想换回的却是曾经千方百计甩掉的马冬梅。

有时候明知不可却迟迟不肯放下，心中固执不变的念想，或许只是为了赌一时之气，或许只是为了满足自己内心深处因为没有得到而产生的愤懑。

即使没有人看也要完成这场戏码的执念，不值得坚守，更不值得骄傲；只是为了换得某个人的悲伤难过或是低头而决不妥协，不是坚守而是愚蠢。意气用事的结果往往只是遗憾和后悔，执念过了头就是禁锢，堕于臆想，只能模糊了前行的目标，忘记了有些道路转弯亦可到达。

换个角度，仔细思量，如此坚持，是否真的是自己想要的结果？

横看成岭侧成峰，远近高低各不同。

换个角度，相当于换一双眼睛，换一种心境。

雨天阻断的行程，成就的或许是一段美好的阅读时光；心仪的鞋子断码，得到的可能是一件漂亮合体的大衣；12岁就对抛妻弃女的父亲充满仇恨的孙俪，因为邓超的一句提醒，放下多年积怨，重新收获幸福亲情。

没有什么事，是非得怎样；没有什么人，是非他不可。

换个角度，或许是一种妥协，更可能是一个解决问题的方法。

2016年9月

你，
　　正在被世界温柔以待

姐妹们，远离毒鸡汤！

这世上谁的钱最好赚？

这世上谁的眼泪最好赚？

这世上谁的同情心最好赚？

这世上谁的白日梦最易燃？

所有这些问题，答案都是一个——女人！

微信发明以后，各种教导女人如何作，如何作死的毒鸡汤大行其道。把好好的女权主义歪曲成"女权癌"。

这种毒鸡汤从形式上可分两大类：

第一类：摆事实、讲道理。

此类又可细分为以下种种：

痛说家史版：男人只用几分钟就做了爸爸，女人要用一生的付出去做妈妈，女人把最美好的年华都给了孩子，给了家……男人只知道看电视、玩手机，狼心狗肺、十恶不赦、总之男人永远对不起女人！

严重失衡版：凭什么男人拈花惹草就是生理需要，女人寻找心灵依靠就是不守妇道，凭什么女人上班挣钱回家还要洗衣做饭带孩子……

这个世界上，前20年疼你的是你妈，后50年疼你的是你老婆，比你妈还要多疼你30年，凭啥不对老婆嘘寒问暖言听计从……

要么给我钱，要么给我爱，要么给我滚！不然要你何用？有何用？何用？

虚构完美男人版：

我负责挣钱养家，你负责貌美如花。

老婆如果不快乐，一定是我的错。

我的是你的，你的还是你的，只要你高兴所有都是你的。

男人最豪的一句话"不高兴别干了，我养你！"

聪明的男人会把他的女人宠得无法无天，谁都受不了她的坏脾气，只有这样才会永远属于我一个……

这种鸡汤乍一读，立即就能获得女性读者的高度认可，引发共鸣，赚取眼泪。因为它们把女人内心的不平、委屈、渴望统统翻出来、放大、细化，读起来貌似十分理解女人，实则是夸大其词，以偏概全，扰乱女性原本平和的心气，让姐妹们变身为怨妇、泼妇却毫无觉察。

正是生理结构的不同，才有了男女的区别，生孩子是上天赐予女性的独特功能，做母亲辛苦这早已是人类的共识，不然从古至今哪来歌颂母爱的诗篇？虽然辛苦，相信百分之九十九的姐妹在育儿的过程中获得了独特的幸福体验。

获得进入社会工作的权利是女权运动多年来向文明迈进的一大步。当今多数男性已经尝试与女性共同分担家务的现状亦不可抹杀。

至于要求和男人一样拈花惹草的论调，简直荒谬至极！男女平等不是让女人去玩一遍男人的游戏，违背公序良俗道德败坏的行为无论男女在任何语境下也不可能变得合情合理！！！

虚构完美男人更是居心叵测。把"我养你"作为最具男子气概语言的姐妹们，丧失的是女性人格上的独立，干得好才能获得安全和独立，嫁得好才能获得幸福感，兼具了这两点，姐妹们才能永立不败之地。

女人应该被无条件宠上天的理论，虽然最得女人心，却是天真到了极点！到了你的坏脾气谁也受不了的时候，你身边那个男人一准儿第一个一溜烟跑得无影无踪，用脚指头想想，世上会有这样的二缺男人吗？找个女人一辈子虐待自己？

第二类：举例子、树榜样。

此类又可细分为两种：

第一种，以各种剧中男主为偶像，大肆扭曲两性关系。

某部剧一火，大号小号必定推出各种爱情篇、男神篇，告诉女人男人就该这个样儿，有才有财太低级，有颜值有身材也不够，还得温柔专情满心只有你一个。剧中男主好到无可挑剔，好到令人发指，各种撩妹大法被拿来放大，被津津乐道。

最近有部剧中有如下桥段：

女主问："我要是红杏出墙了你会怎样？"

男主答："你出一寸，我挪墙一尺，你出一尺，我挪墙一丈。"

哈，好男人又出新境界，霸道总裁范儿里揉进爱你无极限！

这样的鸡汤剧毒：剧中女主多数相貌平平，家世背景平凡，又无一技之长，而高富帅的男主偏偏只喜欢女主这一款，不但喜欢还爱到极致，各种暖心的语言，各种示爱的手段，这才是爱情，没有理由没有原因。激发出女人对男人幻想的更高水平，对爱情盲目的极致认知，弄得一众女人春心荡漾口水直流，于是乎对现实不满，哀叹命运不济，为什么自己遭遇的都是渣男，幻想着自己哪天也能遇到那个来自星星的他。

无论这些编剧是男是女，目标都非常明确，要割的"韭菜"就是女性观众。女人自己麻痹自己，自己忽悠自己，赚自己的钱还把自己往坑里带，是时候该醒一醒了！生活中，你若是个土圆肥，别说高富帅，就是穷矮挫也未必正眼看你。还有，你真心红杏出个墙试试，不遭暴打能和平分手就算撞大运了，好不！

第二种，把结婚大龄女星当榜样，大肆误导女性婚恋观。

某某大龄女星结婚了，大号小号纷纷发文，什么总有一天你会嫁给爱情；如果最后是你，晚点没有关系；好姑娘，不怕等……鼓励女性要耐住性子，等到那个最好的人来爱你。

单身女纷纷备受鼓舞，貌似不是自己不够好、太挑剔、性格差，而是没等到；已婚女纷纷心生后悔，我要是多等十年八年，是不是就可以嫁个汪小菲、霍建华、冯德伦？

人家女星，虽说四十，可是那颜值、身材、气质、财富、性情，与我等普通人有可比性吗？站到镜子前好好看看，你有天仙的美貌、天使的心性，天才的智商吗？身边四十多岁的女人在现实中是个什么模样？呵呵，女星四十找到真爱了，我们再等十年八年，看到那脱了水的蔬菜吗？

在这些毒鸡汤的妖风鼓吹下，好好的女权被歪曲成"女权癌"，男人被分成两大阵营，一阵男神，一阵渣男。

男神有钱有颜有身材，有房有车有存款，温暖如春风胸怀似大海，还幽默风趣口吐莲花个个都是段子手。可惜男神都活在各类影视剧中，于是傻乎乎的女人天天追剧、舔屏，搜寻帅哥小鲜肉来幻想，天天我老公我老公，老公千千个，一天换一个，关掉屏幕，你还是单身狗一个。

在荧屏男神的对照下，生活中，薪水低、品位低，不懂浪漫只会居家的男性只得被低到尘埃里，上交所有卡，所有密码，犯点儿错误跪搓衣板、跪键盘，一言不合就以离婚相威胁，似乎男人低了女人就高了，岂不知，哪一方低到尘埃里都开不出花来。

这些毒鸡汤在扭曲了女性的三观之后，开始兜售各种护肤品、珠宝、服装包括什么韩式半永久、微调整形术，引导女性各种化妆各种打扮各种整容各种微调，盲目自大盲目自信盲目折腾自己，只盼着哪天在哪个拐角蓦然回首，一笑倾城拿下大神肖奈。

女人不是什么特殊的稀有物种，这个世界上有几十亿女性，即使公主也得生儿育女承担王室责任。

正确看待两性关系，你有情绪他亦有烦心，你通情达理善良懂事，他才会爱家恋家顾家心中有你。

亲爱的姐妹们，独立自主，努力上进，外表靓丽内心充盈，才是令人尊敬的女性正确的打开方式。找个合适的人谈场正常的恋爱，感觉对了就嫁掉，柴米油盐好好过平凡的日子，自然会收获幸福人生。

关爱女性健康，姐妹们，远离毒鸡汤。

2016 年 9 月

妈妈们为什么总是不高兴？

有个研究生同学的小群，一位男同学在群里分享了一篇链接《妈妈心情愉快是对家庭最大的贡献》。他老婆是我们同班同学，平日里管孩子、管家要求颇高，看到分享，我们暗笑，这是给她老婆上眼药啊！

没两天，在一个同事群里看到一位男同事分享了同一个链接。暗自惊诧，之前和他有过几次交流，他老婆是个幼儿园老师，性格开朗、热情好客，身材堪与模特媲美，经常一到假期朋友圈就被他老婆刷屏，搂着女儿各种姿势撩人，母女俩姐妹花一样羡煞旁人，有这样的老婆女儿，他怎么会对此文青睐有加？

认真读了此文，依旧是艾小羊的风格，平实准确的文字、清晰易懂的逻辑。先从事例揭示一个现实，一个心情不好的妈妈，让孩子和伴侣只想逃离。然后分析这种母亲的心理，是因为这样的妈妈大多把自己拘囿于繁重的家务中，自己付出的太多，要求的也不少，老公、儿女总是令她太失望，所以总是不高兴。最后指出，一个母亲应该做家人情绪的引路者、精神的支持者，一个母亲心情愉快，是对一个家庭最大的贡献。

10万＋的阅读量，说明在读者中认可度挺高，男性的广泛转载，说明深受"总是不高兴的老婆"困扰的大有人在。

看来此文很有道理。

根据身边的观察，大多数女同胞前一秒逛街美容还是女神，提起家庭立即秒变怨妇。

有位朋友，肤白貌美，温婉如玉，俩女儿更是貌美如花乖巧可人，每次聚会我们一众人等都啧啧称赞，觉得她就是琼瑶剧女主本主，简直就是教育孩子的典范。她自己则说，哪有，在家里我经常狮吼。我们纷纷谴责她太谦虚。结果有一次一个朋友毫不客气地证实说："前两天我在她家里小住几日，果真，她常常狮吼。"

鉴定结果：结了婚的女人有两面，一面是风情万种的熟女，一面是满腹委屈的怨妇。

我想问一个更深的，更能触及问题根部的问题，为什么总是妈妈们不高兴？

想起不知道是哪一期的《爸爸去哪儿》，别的没记住，只对一个场景留下深刻印象，田亮面对不停哭泣的女儿森碟时，他在心里一遍一遍对自己说："我要做一个慈祥的爸爸，我要做一个慈祥的爸爸。"

田亮很真实，够坦诚，他在镜头中告诉人们，面对哭泣不停、油盐不进的女儿是怎样一种抓狂的心态，需要怎样的忍耐。

记住，这只是田亮偶尔、一时的体会。

而妈妈们，面对的是时时、天天、年年、永无休止的这种抓狂体验，而且，很多妈妈面对的还不只是令人抓狂的小孩子，还有令人抓狂的"大孩子"。

不高兴的妈妈广泛存在于70后、80后群体，为何？

为什么不高兴的总是妈妈？为什么不是爸爸？

因为现代社会，女性因为性别平等而和男性一样工作打拼，却因为性别差异而在家庭中承担重要角色。

让我们来看看妈妈总是不高兴的家庭里，爸爸们在家里是什么样的表现。

那位研究生同学，人至中年，事业有成，正常情况下一个月里有半个月出差，剩下的十几天还要分给高层领导、重要客户、远方而至的朋友同学、感情深厚的同事哥们……他家女儿能和他一起吃晚饭的日子，一个月里有三四天就算好的了。

那位老婆是幼儿园老师的同事，爱好玩大型游戏，每天晚饭后碗一推，必定要大战几百回合，酣畅淋漓方才过瘾罢休。

那位肤白貌美的朋友，夫妻异地，老公在外地工作，隔三岔五匆匆回家客串扮演一下丈夫、爸爸角色。

采访多位小朋友，问及爸爸在家里都做什么，有一个回答"陪我玩儿"，有一个回答"做饭"，大多数的回答是，躺在床上（沙发上，各种能躺的器物）看手机。

对此现象，爸爸们的回答是："家是港湾啊，我累了一天了，回家还不得放松休息一下？"那请问，妈妈们也是上了一天班，累了一天，都做船，港湾谁来建造呢？

一个大龄单身女性朋友说，大学好友每月聚会，毕业五年后，除了她，已经看不到一个女同学了。

我们看到的现实是：爸爸们在努力工作的同时，大多数都还可以很好地维护家庭以外的各种关系，大多数都还保持着个人爱好。

问题是，走入婚姻，生儿育女晋升为亲爱的爸爸们的男性有没有想过，你这样的生活是怎样得来的？对，是妈妈们的付出换来的。

说到这儿，估计爸爸们要拿出艾小羊在文中提到的观点和解决方法来回答了。

高兴最重要，不高兴可以不干。为家人做一顿可口饭菜相比着心情高兴，后者更重要。

这话猛地一听貌似很有道理，实则是胡言乱语！

"不开心了可以不做，不高兴了可以告诉家人，我今天心情不好，我要去逛街，晚饭你们自己弄吧。"

这能解决根本问题吗？妈妈们可不可以天天去逛街？顿顿不做饭？

很多年前的《读者》杂志上有一篇文章《我什么都没做》。

写的是国外一个全职家庭主妇，老公下班后回到家总是各种不满，抱怨老婆不上班，天天在家什么都不做。于是有一天，当男主下班后，发现三个孩子泥猴一样在院子里疯玩，家里遭了劫一样一片狼藉。男人惊呼，天哪，你都干了些什么！女人躺在床上优雅地说，我什么都没做。

如果我们一味地只在妈妈们身上找原因，只想通过妈妈一个人的调节改变这个现象，我要说，那是不可能的，那样的结果，只是多了一个没有责任心、只顾自己玩得高兴的妈妈而已，绝对不是一个我们想要的真正幸福快乐的家庭。

写此文，不是为了替妈妈们诉苦，更不是来鞭挞爸爸们，而是要找出问题的根本原因和解决方法。

其实，问题的解决再容易不过。

从心理学上来讲，人都是趋向于积极的情绪的，除了"为赋新词强说愁"的青春少年，健康正常的没有人会故意把自己陷于忧愁愤怒。忧愁愤怒情绪的产生，源于不满。不满的产生，源于心理情感没有得到期望中的回应。

中国的妈妈大多数总是不高兴，是因为内心深处对家庭责任感重，是因为保持着"女主内"的传统美德，从心理上认可管理家庭，教育孩子是自己的责任，但是，工作和家庭的双重重任，让妈妈们心理上不负重荷。

想一想，单位里为什么要年终评奖？学校里为什么要评三好生？

如果你在单位兢兢业业干了一年，领导同事都不认可，你会不会心生不满？情绪低落？

同样，我们在认可了女性在家庭中的重要角色的同时，就要注意满足女性的心理情感需求。

调查表明，善于赞美妻子、肯定妻子的男人，家庭生活往往幸福和睦。

女人是感情动物嘛，当初谈恋爱都能"有情饮水饱"，如今过日子，来自丈夫的理解、肯定、欣赏、赞美、支持，一样能使妈妈们干得心甘情愿，干得开开心心。

当然，如果有心的老公们能够搭把手多做一点儿，再花点儿小心思，弄点儿小仪式，就更完美了！

爸爸才是一家之主，哄得了美女，降得了小妖，才是真丈夫。

问题的答案：

最好的爱，是爸爸爱妈妈。

2016 年 10 月

林花谢了春红,香犹在

朋友分享了一个链接《婚姻,给了女人什么》,内容是感叹女人为了婚姻,为了那个深爱的男人和挚爱的家,付出了多少、牺牲了多少,言语真挚,感人,隐隐透露出的是女人对男人的不满和一丝丝乞讨爱怜的味道。

我的手指放下又抬起,最终什么痕迹也没留下。

隔日,此条分享下多了一条回复,是朋友圈中一位男士:不抱怨、不偏激、互扶持,行路远,自怨自艾,无济于事。

是的,30岁以后,不要幽怨,做一个淡淡的女人。

生理构造、社会传统注定了男人和女人在婚姻生活中的角色不同,这种不同,进而造就了工作成就、社会关系的不同。政要里,女性寥寥;大师大家里,女性无几;很多人认为是不平等。好吧,它就是不平等,又如何?它赫赫然在那里突显着,躲避不掉，改变不了，唯一能做的，就是淡然面对。

行至中年，都说岁月苍老了女人的容颜，其实，男人内心更怕老，也更容易老。

几天前和一位朋友欣赏八九年前的老照片，竟然发现，照片中好几位当时看上去意气风发的小伙子，如今已完全是一副中年男人的模样，啤酒肚、半秃顶。而有几位女生，虽然没有了当初的青春，却多了几分知性，同时褪去了土气，姿态更为优雅。

我和朋友竟同时感叹，原来，如果不知道珍爱自己，无论男女，岁月都是一把躲不过的杀猪刀！

女人的真正独立，经济只是基础，感情才是根本。只有感情独立的女人，才是真正的独立。

想想舒婷的《致橡树》，独立宣言后深藏的，还是没逃过一丝丝依赖、一丝丝赌气。

女人本就是一株木棉，红硕的花朵是木棉自然的属性，不应该因了旁边的橡树而努力去傲然开在枝头。

我们执着什么，往往就会被什么所骗；我们执着于谁，常常就会被谁所伤害。所以，30岁以后，女人要学会放下，学会看淡，更要学会所做所选，不为谁，只为自己。

心仪的鞋子断码了，就去旁边店买一件漂亮的大衣；常去的面馆停业了，就去别家吃一碗好吃的粉。有无数种方式可以让自己开心，曾经沉迷的东西都会沦为可有可无的消遣，因为每一天都在通向未来，没有什么是不可替代。

30岁以后，专心欣赏自己，让自己保持美丽精致；好好工作，好好挣钱，在自己需要的时候可以随时提供；好好经营友情，快乐时有人陪着逛街，低落时有人陪着K歌。

用心对待自己的爱好，无论烹饪、画画、养花还是十字绣，从中体会到的快乐，会给你满足，让你平静。

30岁以后，女人的努力，女人的优雅，不是为了拴住某个人，更不是为了赌气赢过某个人，仅仅，只是为了自己。

林丹出轨了，把谢杏芳推上了风口浪尖。

什么"林花谢了春红，太匆匆，无奈朝来寒雨晚来风"。

什么"谢杏芳挺住，我们支持你！"

甚至扒出谢杏芳的光辉历史，来证明她曾经是多么辉煌厉害的角色，鼓励她重穿战衣。

所有看上去的关怀和鼓励，其实都忘记了一个根本，谢杏芳的宝贝刚出生不久，她还在月子中。

我们都不是谢杏芳，怎么想怎么做，是选择"且行且珍惜"，还是"快刀斩乱麻"都是她的问题。

最好的关怀，就是不要打扰她。

淡淡的香、淡淡的雅、淡淡的自信、淡淡的微笑，不论身边

你，
　　正在被世界温柔以待

是否有人疼爱，做好自己该做的，有爱或无爱，都安然对待。

　　林花谢了春红，香犹在。

2016 年 11 月

如若月亮就是一把直尺，
谁人还会诗兴大发？

作为一个北方人，每次在冬季到南方出差，都是满满的羡慕。

十二月的广州四处风暖云轻，一月的三亚遍地树绿花红，二月的深圳环绕碧水蓝天，对比北方，粉妆玉砌的雪后世界只是长达三个多月的整个冬季也难以遇到的昙花一现，提起冬，光秃秃的枝头，阴冷冷的天空，刺骨的寒风才是标配。

南方，就是我心底的"诗和远方"。

今晨，开车在河边飞驰，突然间映入眼帘的景色让我为之一震。忍耐了北京太久的单调沉郁，此刻的画面惊为仙境。一片片氤氤氲氲的红色镶嵌在朦朦胧胧似有似无的浅绿中，粼粼的水波间或闪现，太梦幻又太新鲜。原来是路边成排的红叶李开了，柳树也发了新芽，初升的朝阳在枝丫间跳跃。心情一下子明亮起来，一种想唱歌的冲动，一种想飞翔的轻盈感把整个人包裹起来。

直到驶离河边，盘上长春桥，我才意识到，这种对季节更替的奇妙感觉，这突如其来的幸福和兴奋，恐怕也正是北方才能给予我的吧？一种醍醐灌顶的感觉令全身通透，哦，这么多年，今天才真正体会到了北方的意义和妙趣。

北方的魅力，就在于她四季分明的变化。

而人类，不，是生物，天生在面对富于变化的事物、景象时，体内会开始分泌多巴胺。

多巴胺，使人兴奋、让人开心。

一成不变，从诞生起，就不是个褒义词。

百分之九十九的人，讨厌一成不变。

应该有很多人和我一样早就发现了一个有趣的现象：真实的并没有想象的好。

很多年前，结识一个在知名公司工作的朋友，非常艳慕他，在度过初识的阶段，他的骄傲和优势得以充分展示后，他开始吐槽公司诸多地方让人难以忍受；那时候我天真地以为，他的层次太高了吧，这么知名的大公司他都能发现这么多问题。

后来，当我自己进入一家世界500强企业，看到的真相是，外面的人觉得我们很神秘很厉害，内部的人却几乎都是吐槽可以吐到天黑。企业还是那个企业,优点缺点就在那里,看到的人,却是完全不同的心理感受。

很多事情、很多人,和层次无关,真相很可能仅仅就是,待的时间太长了而已。

明白了这一点,很多猛地一听惊觉违背常理的事情,就会变得完全可以不必大惊小怪。

那位震惊网络,留下一张"世界那么大,我想去看看"的字条,辞职而去的女教师,可能单纯地只是教师做得太久了。

人人都喜欢美丽吗?

美丽看久了,就会渐渐麻木。

人人都讨厌丑陋吗?

丑陋看久了,也会变得无感。

人人都追求优秀吗?

一直优秀,最终疲惫。

你向往的诗和远方很可能就是某个人眼前的苟且,

你眼前的苟且说不定正是某个人向往的诗和远方。

所以,心情需要变化,生活需要变化,人生需要变化。

变,意味着不同;变,蕴含着神秘。

变,推动历史发展;变,成就各种奇迹。

自古以来中国人喜欢吟咏月亮,究其根本,在于月有阴晴圆缺，总在变化。如若月亮就是一把直尺，谁人还会诗兴大发？

　　道理很简单，仔细思量，若能真正从心中融于血液，时时警觉，对于我们的拖延症，感情保鲜，亲子教育，大有裨益也未可知。

　　更重要的是，在我们按捺不住蠢蠢欲动求变的心的时候，问问自己，我是真的想要放弃，还是仅仅是腻了？无论爱好、工作、感情，还是婚姻。

2017 年 3 月

坚持并不是件很难的事情

坚持并不是件很难的事情。

一直记得那一幕。

五年前参与组织筹办首届集团青年大讲堂。

主持人采访台上的嘉宾,请用两个字,告诉青年朋友成功的最主要因素。

在各位大咖位男性嘉宾一片"人脉""勤奋"的回答中,唯一的女嘉宾,我最敬爱的美女书记用甜美的声音轻轻吐出两个清晰的字"坚持"。

中国俗语里关于坚持的特别多。

"锲而舍之,朽木不折;锲而不舍,金石可镂。"——荀况

"一日一钱,十日十钱。绳锯木断,水滴石穿。"——班固

何谓"坚持"?不改变、不动摇,日复一日重复而已。

来，看看我们坚持了多少事情。

坚持每天吃饭。

坚持每天上班。

坚持每天玩手机。

坚持每天给手机充电。

坚持每天追剧。

坚持每天吃零食。

坚持每天发呆……

瞧瞧，坚持从来都不是一件很难办到的事情。

可是，为什么要有"贵在坚持""人生最难莫过坚持"？

当和成功联系在一起，"坚持"被描述成一个浑身长刺，每摸一下就要扎手、扎心、扎肝、扎肺的恐怖怪物。

网友都在质疑每天下水会不会耳朵聋？傅园慧也在微博写下："不知道你们懂不懂每天游泳游到全身肌肉颤抖，恶心想吐的感觉……"

以常人的思维，每天坚持游一万米，不可想象！

舞蹈家杨丽萍为了保持身材，每天吃的东西严格限制，且只吃很少的食物。

以常人的思维，50岁了没有一丝赘肉，还能坚持下腰劈叉，不可想象！

因为，我们在仰望别人的成功，那个成功好遥远，好缥缈。

可是，博园慧微博后面还有半句"帅气的我们每天都在体验"。孙杨在参加《奔跑吧，兄弟》综艺时，迫不及待入水展示自己绝美的泳姿。杨丽萍更是超级享受只为霓裳轻舞不食人间烟火的美妙。

可见，在那些已经成功的人眼里，坚持是必要条件，但，并不是个痛苦难挨难以下咽的条件。

何为成功？

知乎里有个得到五千多个赞的回答，影响自己最深的一句话，是《明朝那些事》结尾那句"成功只有一个——按照自己的方式，去度过人生"。

不谋而合，我常说的是——

成功，就是按照自己的希望活成自己想要的样子。

如此定义了成功，再把美女书记的"坚持"二字拿来看，方才发觉更有趣味。

回到前面提到的我们轻轻松松不知不觉就坚持下来的那些事情。

坚持每天吃饭，因为要活着。

坚持每天上班，这个原因复杂，貌似统一的是应该这么做。

坚持每天玩手机，因为好玩喜欢。

坚持每天吃零食,因为想吃。

如果成功就是做一个正常的人,平平淡淡度过一生,这些坚持,够了。

总结一下,感兴趣的,想要的,必不可少的,坚持起来就不是难事。

当坚持成为一种习惯,融入血液里,坚持就不再是坚持,不做,会难受。

朗朗到了美国之后,一开始决定放纵自己一段时间,不去弹琴,要把这么多年来受到的压迫管束找补回来,可是,仅仅两三天,他的内心就深深地响起一个声音——真的该去练琴了。

曾经把跑步定义为我今生最厌恶的运动,如今,一天不跑,就觉得缺点什么,惶惶然,不完美。

其实,很多时候,坚持做一件事情,所谓苦,是别人眼里的苦;所谓熬,是别人想象中的熬。

周末涵涵背着琴去上课,遇到邻居奶奶经常会劝我:"别让孩子那么辛苦,累坏了!"每天从我家窗口传出练琴声,邻居常会感叹,可怜的孩子,都没有童年。

他们没有看到,涵涵攻克一首新曲目的兴奋骄傲,演绎一首曲子时的动情陶醉。对自己的童年,涵涵很满意,充满追求的乐趣。

可是涵涵自己,一有人提到她多刻苦,她都一脸的自嘲,因为她从不觉得自己刻苦，只认为自己热爱不够，努力不够，贪玩的太多。

当坚持不住的时候，告诉自己，还是不够喜欢，还是想要得不够热烈。呵呵。

"无他，唯手熟尔。"卖油翁穿越千年的风霜，在世人耳边轻声慢笑，淡然又略带调侃。

2017 年 8 月

你，
　　正在被世界温柔以待

老女人的少女心

　　看一篇发帖，楼主晒男朋友多么体贴会宠，留言里各种羡慕嫉妒恨。

　　讪笑，到底是少女，每天情啊爱啊，如我这老阿姨每天被各种事情塞满，早被生活锤炼成了女汉子，无感。

　　转而看一部爱情电影，动情处鼻子发酸胸口发堵，眼泪竟滴滴答答流个不停，抽纸用了一沓，鼻子捏得发红，抽抽搭搭睡去。

　　孰料，多年不做梦的我居然做了一个梦，梦里男神微笑着把我的双手放在两边，拿出葡萄宠溺地说："乖乖坐好了，我剥给你吃！"

　　醒来，以为此生再也不见的少女心炸裂，感觉满房间都是粉红泡泡。

在中国有些人眼中，35岁以上的女人就是老女人了。尤其是一部分男人，当然，这个评论和他自身是否已然眼袋下垂秃头腆肚并无关系，因为在这类男性眼中，女性是用来把玩的物品，非肤白貌美大长腿无可取之处，而现实中的女人真真长得漂亮可人的毕竟量少，所以，唯年轻可取，毕竟仅靠着年轻，就可以散发出新鲜诱人的气息。所以，男人喜欢少女，部分女人也认为自己的价值在于青春。

少女少不更事，简单、纯美，那低头的羞涩，不谙世事的娇嗔，甚好。

老女人，顶着一头枯黄的头发，一张悲情满满的脸，一身保守传统的衣着，勤俭持家、无私奉献。

所以，电视剧《小丈夫》的热播引发争议在预料之中。世人见惯了老夫少妻，成功男人迎娶小十几、二十几的女孩子，而24岁大学毕业的男孩爱上33岁的离婚女人，还以爱情的名义，唯一的理由只能是编剧为了博眼球！

孰料，一篇《90后小伙爱上46岁姐姐，两个月就领证》的新闻登上热搜，重庆梁平23岁的小伙子谭万平和46岁离异带两娃的女人李良友，因为共同爱好骑行，相识相知相爱，最终走进婚姻的殿堂。

现实比电视剧精彩，本来嘛，艺术来源于生活。事实表明，社会在进步，女人在加速进化，一小撮男人也在进化。

这些收获小男友的老女人都有什么秘籍呢？

老女人们什么也不说，独立自主、保养有道，美美地站在那里任人评说。

被质疑的低龄男性倒是开了口，谈起自己的女友，他们多数会谈及一个话题，她有时候就像一个小女生。

呜呼，年纪轻轻该不是傻子吧？喜欢小女生，少女心，应该直接找个年轻的啊！

NO，吸引他们的，就是老女人的少女心。

少女心在豆蔻年华的少女身上俯拾可见，在历经浮沉洞察世事的老女人身上，才是昂贵的奢侈品。

不谙世事的单纯是简单，阅尽白云苍狗后的单纯才是真正的纯真。

未经洗礼的善良可能是无知，洞晓人间万象依然善良方更显弥足珍贵。

懵懂天真的热情让人喜爱，看破人间冷暖历经沧海桑田依然保持的热情才能直达人心。

无忧无虑的日子爱美是天性，身处琐碎艰难的生活现实依然满怀对美的憧憬与追求才是大智慧。

面对不合适的婚姻，李良友挣脱传统的枷锁，明白一味地忍让并不能得到幸福，及时止损是对双方的负责。

离婚后的李良友自己带着儿子，积极工作，热爱生活。

谭万平回忆初见李良友的情景："那天她穿着一身运动服，挎着包，打扮得年轻时尚，见到我上来热情大方地打招呼，脸上挂着的笑容让我感觉到温暖。"

两个人因骑行结缘，爱好相同，相谈甚欢，共同参加比赛，李良有的坚强勇敢让原本就动了心的谭万平更加坚定了爱的信念。

当两人的感情遭受非议和阻挠的时候，谭万平小伙子年轻的冲劲的确令人赞叹，李良友作为中年离异女人，没有逃避，坚定地和谭万平站在一起面对的勇气则更显可贵。

所爱隔山海，山海皆可平。

日常，谭万平喜欢对李良友说的一句话是："小姑娘是不用做家务的，我来就好。"

老女人的少女心，如珍珠般，那颜色如梦似幻，那光泽温润柔和，不是耀眼的熠熠生辉，却是令人舒服到无法忽视的一抹光亮。

闺密逛街，遇一女孩街头卖唱，地上放一纸牌，密密麻麻写满了字。小C驻足细看，又认真听女孩儿唱了一首歌，而后，扫码支付了50元。同行的姐妹忍不住呛声："你傻啊，这一看就是骗人的，收起你的善良，你一个人带孩子又上班，那么辛苦，挣个钱多难，说不定人家比你有钱多了。"小C莞尔："你说得对，有可能是个骗子，我虽然挣钱不易，但是至少衣食无忧。再说，我听了一首歌，姑娘唱得不错，咱们看电影追剧听演唱会，能给明星做那么多贡献,偶尔给个素人花一点感谢她的勇气和歌声也算合理,再说,万一她是真的,能帮一点,总是好的。"随后又一拉闺密胳膊,"今天的哈根达斯我不吃了,减肥,这笔钱也就出来了,对不?"

小 Z,全职妈妈 15 年。今天给我打电话说受疫情影响,老公公司减薪,家里经济情况堪忧,决定重入职场。我略感惊诧,40 多岁的年纪,虽然勇气可嘉,但毕竟职场不是家里的客厅。孰料,她是有备而来。告诉我已经研究了几天招聘信息,决定从小公司的财务入手,一般都要求大专以上学历,拥有会计证,有经验。自己全职期间考到了会计证,而且断断续续也给一些小公司做过财务相关工作。这两天又把财务软件下载试用了一番,下午约了 Tony 老师做发型,明天约了两场面试,让我祝她好运。随后,又加了一句:"我已经决定,只要有公司录用,我就入职踏实干,我计划一边工作一边学习,两年内拿到中级证书。任何事情,不都得鼓起勇气争取一下,你说是不?"

嗯,非常正确,加油,永远的姑娘!

2017 年 8 月

没考证就做了人家的妈

作为社会属性的人，稀里糊涂结了婚又费尽九牛二虎之力离了婚。婚姻可以结了再离，孩子生了却不可以再塞回去。生而为人，没人经过我的允许，而我，也没考证就给人当了妈……

宝贝的选择,还你一个新的世界

昨天开着车行驶在北京的街道上,突然想起五年前因为北京和涵涵分开的往事。想起那颗幼小的心走过的历程,泪水竟忍不住滴落。

2011年新年结束,跟随市心连心少儿艺术团从香港演出回来,刚过4岁生日的涵涵还沉寂在香港之行的兴奋里,而我决定,把事情的选择权交给她。

事情已经不能再拖了,领导已经两次催我快点儿决定了。

那天晚上,涵涵刚脱了外套上了床,坐在床上跟她的小袜子战斗。

"宝贝,妈妈有件事情想听听你的意见,由你来做个选择,好吗?"我蹲在床边,摸着那只已经脱掉袜子的光光滑滑的小脚丫,尽力放慢语速一个字一个字讲清楚。

"好的，妈妈，你讲来我听听。"涵涵没有抬头，依旧扯着另一只脚上的袜子。

"集团总部想让妈妈到北京去工作一年……"

"不行，我不要，不准你去北京……"涵涵停下扯袜子的手，一边哭一边喊，套在脚上的半只袜子耷拉着脑袋，样子很滑稽。

果然，我高估了自己四岁的女儿，涵涵和所有的四岁的孩子一样，一听到妈妈要离开，马上做出反应，拒绝，哭闹。

"你先别哭，听妈妈说说想法好吗？"这句话比较起作用，因为平日里听到这句话后一般问题都能比较满意地解决，涵涵停止了哭闹，脸上挂着泪珠看着我。

"到北京去工作，一呢，姥姥会来照顾你，你不会没人管；二呢，妈妈也想尝试一下新的挑战，到北京工作或许会给妈妈带来更多更喜欢更适合的机会；三呢，我会每个周末都回来看你，平日你上幼儿园其实也见不到妈妈，妈妈保证周末都和你在一起。"我尽力尝试着从涵涵能理解能接受的角度进行解释。

"不要，这样还是不能每天见到妈妈！"涵涵又哭了。

"好吧，先睡觉，你再想想，明天再做决定，不管你做出什么样的决定，妈妈都会尊重，这件事情的选择权在你手里，你实在不愿意妈妈去，妈妈就还在单位上班。"

第二天一早，一睁开眼睛，没想到涵涵就一本正经地对我说：

"妈妈,你去北京吧,我想好了,平日里妈妈都尽力让我做我喜欢的事情,我也应该让妈妈去做妈妈喜欢的想做的事情。"

望着面前这个小小的人儿严肃的小表情,我的心狂跳了几秒,这个四岁的娃娃,学会了从别人的角度考虑问题。我把涵涵抱进怀里,亲着她滑嫩的小脸蛋,轻声说:"谢谢你,宝贝!"

和涵涵分离的第一个周末,周五下午,来不及消化自己初到总部新环境、新工作的不适,处理完手里的工作我心急火燎地登上返程的火车。

夜里十一点多,刚走到家门口,门就开了,母亲轻轻把我让进屋里。

"涵涵睡了,开始不肯睡,说要等你回来,后来实在扛不住,一再交代我,姥姥,妈妈回来了一定要叫醒我。"母亲的眼睛有些发红,在孩子面前老人的心总是特别柔软。

卧室里,涵涵香甜地睡着,"要不要叫醒她?"母亲征询我的意见,她也牢记着对涵涵的承诺。

"别了,这么晚,让她睡吧。"谁知,我话音刚落,涵涵居然醒了,小眼睛惺忪了一刹那,立即光亮起来,"妈妈!"她跳出被窝扑进我的怀里。

第二天周六,放母亲回去陪陪父亲,我带着涵涵吃喝玩乐。我不断发现着涵涵令人惊喜的变化。

去往必胜客的公交车上,有人看到小小的涵涵起身给她让座,她拉着我,让我坐下并且甜甜地说:"我妈妈工作可辛苦了,让我妈妈坐!"

回到家里收拾客厅的我听到洗衣机洗涤完毕的叫声,不等我开口,涵涵就跑去关闭洗衣机,半天没有回来。

我走到阳台一看,涵涵已经把衣服从洗衣机取出放进一个盆子里,把晾衣架摇到最低,身高刚刚突破一米的她,踮着脚尖正在努力地把一个撑好的衣架往晾衣杆上挂……

我既温暖又心疼,事情都有两面性,我和涵涵在失去彼此的陪伴的同时,收获了更多爱和温馨。毋庸置疑,正是因为这份失去,才让我们母女更懂得珍惜。

周末两天眨眼就过去了,周日晚上到来了,我要乘坐夜班车回到北京才能保证周一早上正常上班。

涵涵送我上出租车,她很平静,看着我打开后备厢把行李放好,然后搂着我的脖子说:"妈妈再见!"放开手让我上车。关上车门,我看到她冲我挥手,然后消失在后面。

司机说:"你女儿好听话,送你走,居然不哭不闹。"

我骄傲地说:"是的,小家伙很懂事。"

手机响了,母亲发来一条短信:"看到你的车走了,涵涵的眼泪才掉下来。"

无声的我,泪奔。

在北京工作的一年时间里,那个时候还没有高铁,每个周五下午坐快车返郑、周日晚卧铺回京,有时候买不到座位,我会毫不犹豫选择站七八个小时也一定要回家,因为家里有那么一个可爱温暖的小东西等着我。我的工作效率也不断得到提高,处理各种事情的能力越来越强,因为我要争取时间,和我亲爱的女儿在一起。

从幼儿园中班迈步到大班的涵涵,也交上一份满意的答卷,和小朋友相处愉快,自理能力不断加强,母亲常说:"这孩子乖得让人心疼。"

一年到期后,总部希望我留下来,而我要求回原单位,因为我已经决定,以后无论在哪里工作,都要和涵涵一起。谁又会料到,几年后,我和涵涵会一起来到北京。

涵涵大班毕业时,班主任老师给我打来电话:"涵涵妈妈,你知道涵涵竞选上了毕业典礼主持人了吗?第一轮才艺展示涵涵和另外一个女孩票数一样,只得举行第二轮。第二轮那个女孩儿背诵了一首古诗就下去了,涵涵上台讲了一则寓言故事后还说了一番话:'我知道你们比较难做选择,我希望你们不要有负担,就选你们认为最好的那个,如果我选不上,我也不会难过,幼儿园没有机会了,到了小学,我还会继续努力,谢谢你们。'"

结果,小朋友们几乎都选了她。她这番话把我也震惊到了,就这样的素质,我也觉得涵涵是主持人的最佳人选。

感谢了老师,我挂了电话问涵涵:"宝贝,这么重要的事情,你怎么也没告诉妈妈呢?"

小家伙一甩头:"我都没当回事儿,再说,这点儿小事,我自己能做选择。"

后来的日子里,不少妈妈羡慕我既有工作还保持着自己的爱好,偶尔还和朋友 K 歌、旅游,女儿也培养得不错。可是,一旦和她们谈论有了孩子的女人也应该留出时间来实现自己的价值时,多数妈妈的回答却是,不行,不可能,我们家那个天天都伺候不过来,缠死人!

其实,我想说,放不下的是你,相信你的孩子,她(他)的能量和潜力远远大于你的想象。

2016 年 12 月

嘘！宝贝，谁也靠不住

没有太大悬念，涵涵以"天宫音乐奖"北京赛区儿童组金奖第一名进入全国总决赛。

总决赛的规则公布了，不同于区决赛的地方有两处：一是增加了乐理知识问答环节，占3分；二是不再按年龄分组，一种乐器只按照演奏和乐理知识问答总成绩排名设置奖项。

我把乐理知识问答的题库下载了，并且一一给查找了答案，然后把几张密密麻麻的纸交到了涵涵手上。

涵涵翻看了一遍，随即仰起小脸提出疑问："老妈，为何有一道题没有答案？"

"我百度了，没找到。"我据实回答。

"哦。"涵涵应了一声便开始背题。

在备赛的一段时间里，涵涵安排得还不错，在学习和练琴之余会自己安排时间背乐理知识题库，偶尔还会主动要求让我给提问提问，我所问到的，她都对答如流。

全国总决赛的日子到了。

那是个周六。涵涵背着琴和我走出家门，清晨西山上吹来的凉风不禁让她打了个寒噤，她突然说："老妈，我不会就被问到题库里那道没有答案的题吧？"

"这个不好说，根据墨菲定律，怕什么来什么。"

"不会吧，我不会那么倒霉吧！那么多道题，偏偏问我那一道？"涵涵对我的回答表示出不满，一边安慰自己一边还拿小眼睛白了我一眼。

一路无话。

到了赛场，涵涵这个九岁的小朋友是参加比赛的老同志了，她知道自己该做什么，验证参赛证、核对选手编号、询问自己的排序大概还有多长时间轮到她，然后自己调琴，找个隐蔽的场地先练练手，我呢，就是一个帮忙拿东西的助理，我们俩各司其职，倒也默契。

等到涵涵去候场，我在观众席上找个座位坐了下来。

看了几个选手，才发现知识问答环节不是电脑随机选择，而是主持人随机提问，估计主持人觉得这些孩子年龄还小，提问的都是相对广普的题目。

涵涵前面是一个看上去明显比她大的男孩儿，中国曲目选得竟然和涵涵是同一首，听他演奏了一段，我觉得感情节奏和涵涵相比还是有差距的。

涵涵登场了。

淡定的鞠躬，娴熟的夹琴，轻轻调整一下呼吸，开始演奏。

一首《西班牙交响曲》，一首《金色的炉台》，发挥稳定。

演奏完毕，台下的评委开始点评，一位老先生说，没想到小小年纪就能够演奏这么难的曲目，并且完成得还不错，继续加油，有前途！

我看到涵涵的小脸上露出一丝笑意。

接下来是知识问答环节，从北京赛区初赛、决赛一路走来，主持人楼天宇已经记得涵涵，亲切地和涵涵问候过后，她读出了题目。

涵涵一下子愣在了场上，墨菲定律应验了。

楼天宇估计没想到她原本想帮助涵涵进一步展示才能的举动弄巧成拙，于是善意地放慢语速又重复了一遍题目。涵涵尴尬地愣在话筒前，原本还有人窃窃私语的观众席一下子变得特别安静，大家都屏住了呼吸，目光齐刷刷地投向舞台，盯着台上这个一分钟前还意气风发的小女孩儿，她该如何应对？

时间一秒一秒流逝，楼天宇和台下的评委都忍不住开始了提示，他们估计也觉得这道题目对于一个八九岁的孩子来说有些专业有些难了。而我知道，此刻台上的涵涵已经丧失了思考能力，脑子里应该是一片空白。因为，我曾经也有过。

十几秒之后，涵涵终于对着话筒说："对不起，我不会。"然后鞠躬走下了舞台。

直到车子发动，涵涵始终没有说话，我觉得应该说点儿什么了。

"对今天的事情你有何感想？"我开门见山打破僵局。

"老妈，你知道我参加天宫音乐奖的目的，我自己并不在乎这个金奖，我只是想挣一个'优秀辅导教师'的证书送给亲爱的管老师。"涵涵说着，哭了。

这是涵涵继七岁在香港国际弦乐节上获得二等奖之后，第二次因为获奖的问题哭，那一次是为了她自己只得了二等奖没拿到金灿灿的奖杯，这一次是因为想要送给管老师的"优秀辅导教师"泡汤了。

涵涵口中的管老师是爱乐乐园创始人管鑫老师，是涵涵的小提琴启蒙老师，更准确地说是涵涵这匹小马的伯乐，她与涵涵之间的情谊，会有专题文章记述。

早在半年前看到天宫音乐奖的通知，规定说通过初赛、区决赛，在全国总决赛拿到金奖的选手，将为辅导老师颁发"优秀辅导教师"证书的时候，涵涵就高兴地说："管老师对我那么好，我一定要挣到这个证书送给她！"

这一刻，她知道，她想要回报管老师的一次机会，错失了。

"你真的很想送那个优秀辅导教师的证书给管老师吗？"我依旧很冷静地问她。

"当然啊，你为什么这么说？"涵涵的声音开始有些愤怒了。

"如果真的很在乎，为什么那道题不知道答案呢？"

"你没告诉我啊！那道题你没告诉我答案啊！"涵涵终于忍不住，喊出了心里的委屈。

"怪我没有告诉你答案是吗？"

"是啊，也怪我倒霉，其他五十多道题我都知道答案！偏偏问我这一道！"涵涵的声音里充满了不满和沮丧。

"如果妈妈告诉你，那道题我是故意不给你答案的，涵涵，你会怎么想？"我的话一出口，涵涵立即愣住了。

"虽然在很多事情上你的自理能力还不错，可是，你潜意识里总在靠着妈妈，很多事情要让妈妈帮你做选择，帮你拿主意，你觉得靠着老妈就行了是吗？我就是想告诉你，能靠的只有自己。对于那道没有答案的题目，你有自己想过去找一下答案吗？百度？或者问管老师？从拿到题库到今天，半个多月，你每天都有机会获得答案，是不是？"听到我这样问她，涵涵沉默着低下了头。

"就在今天早上，出门前你还想到这个问题，我提示你了墨菲定律，其实在路上的时候你还有时间，还有机会避免这个结果的发生，你完全可以给管老师发微信或者打电话问一下那道题的答案，可是你依旧没有，你选择了侥幸，你把依赖心理换成了侥幸心理。"

涵涵擦干了泪水，抬起头呆呆地望着车窗外，若有所思。

"宝贝，妈妈就是想要告诉你，真正想做好一件事情，要靠自己，要尽自己最大的努力做到最好，做到自己能力范围内的万无一失。宝贝，谁也靠不住，老妈靠不住，上帝也一样！"

"老妈，这件事，永远不要再提了，好吗？"涵涵央求我。

等到天宫音乐奖全国总决赛的银奖证书拿回来，涵涵看都没看，悄悄地塞进了抽屉里，压到了一摞证书的最下面。

这件事情已经过去小半年了，今天我征求涵涵的同意把这件事分享出来，希望可以给所有正在追逐梦想的孩子一点儿小小的启示。

2016 年 12 月

父母的危机意识

"危机意识"指对紧急或困难关头的感知及应变能力。

老祖宗早就教导我们"居安思危",这年头,如果你还抱着做市场要有危机意识,拼职场要有危机意识,回到家就可以安枕无忧的思想,那么,微雨告诉你,你OUT了,还有一种危机意识是做父母所必备的,而且,毫不夸张地说,比什么市场、职场的危机意识更重要。

做父母还要有危机意识?答案是大写的YES!

在一个朋友的朋友圈里读到一篇分享《我的妈妈是个没用的中年妇女》,下面把这个五年级的小学生作文原文奉上:

我的妈妈不上班,平时就喜欢打牌和看脑残的电视剧,一边看还一边骂,有时候也跟着哭。她什么事也做不好,做的饭超级难吃，家里乱七八糟的，到处不干净。

　　她明明什么都做不好，一天到晚光知道玩儿，还天天叫累，说都是为了我，快把她累死了。和我一起玩的同学，小青的妈妈会开车，她不会，小林的妈妈会陪着小林一起打乒乓球，她不会，小宇的妈妈会画画，瑶瑶的妈妈做的衣服可好看了。我都羡慕死了，可是她什么都不会。

　　我觉得，我的妈妈就是个没用的中年妇女。

不知道小作者的妈妈如果读到这篇文章会做何感想？骂儿子忘恩负义、白眼狼？然后用"夫孝，德之本也，教之所由生"的传统道德去绑架儿子必须要爱妈妈、孝顺妈妈？

逼出来的、被迫的爱和孝与发自内心的尊重和孝顺，能一样吗？

三毛在《每个母亲曾经也是15岁的少女》里曾经这样记述："记忆中的母亲是一个永远只可能在厨房才会找到的女人。"

　　因为收到一封信，母亲对父亲提出要出去一个下午参加同学会，听到父母对话的三毛，"于是才突然发现原来妈妈也有同学，那么她必然是上过学罗！"

　　然后和母亲聊《红楼梦》《呼啸山庄》，聊打篮球，"禁不住深深的看了她一眼,觉得这些事情从她的口中讲出来那么不真实。"

一个可以和自己谈论《红楼梦》聊打篮球的母亲,让三毛立即觉得很不一样,那不再是一个只能在厨房找到的女人了。

有个闺密,国家公务员一枚,绝对算得上体面的工作,有一个刚读小学一年级的女儿。有一天,已经夜里12点,她给我发来微信:"睡了吗?"

如此深夜找我,一定是有什么心结。

果真,她对我说,悠悠(她家宝贝)上了小学之后,从学习到自理自律都进步明显。不等我称赞她教女有方,她即说出了她的烦恼。

她说,看着女儿的进步最近一直在反思,随着悠悠的长大,会怎样看待她这个母亲?因为她觉得自己没有可令女儿觉得骄傲自豪的地方,她怕慢慢长大的悠悠会对妈妈失望。

我说你大学毕业,又有一份体面的工作,在当前的社会,基本可以满足作为一个优秀母亲的条件了。

她说不是这样的,读大学,有工作,这是很多人都可以也应该做到的本分,我们希望自己的孩子优秀,并不仅仅是有一份收入不菲、足够体面的工作,我希望她有理想、有追求,自己首先是不是应该做一个这样的人？

隔着屏幕，我感受到了她强烈的身为父母的危机意识，为了这危机意识下透出的浓浓的爱而感动，我有理由相信，在这样的母亲的陪伴下，悠悠有理由成长为一个太阳花一样的姑娘。

想象一下这样一个场景：

面对不争气的儿子，手拿棍子的父亲气急败坏地咆哮："我打断你的腿！"儿子则扭过头来，冷冷地看着他，悠悠然说出一句："龙生龙，凤生凤，老鼠儿子会打洞，就你这样的爹，我长成这样儿已经很不错了！"

生动吗？这样的情景在中国家庭时时上演。

不要以为上帝给你颁发了一张父母证，你就永远是孩子应该仰望的父母，过了三岁之前"爸爸妈妈就是天"的年龄，孩子在进步、在思考，做父母的不反思、不努力，很可能就会被他（她）瞧不起。

你在对孩子说"瞧人家谁谁谁家的某某某，考试考了100分"的时候，孩子也很可能在心里说，瞧人家谁谁谁的爸爸（妈妈），刚刚开了个人画展！

是的，他（她）没有办法罢免你做父母的权利，不像公司会辞了你，市场会淘汰你。然而，他（她）会轻视你，甚至于由于对你的轻视而轻视自己，那个时候，是你吐血也挽不回的结局。

是要逼着每个爸爸都成为王健林、马云，每位妈妈都成为希拉里、郎平吗？

当然不是。

再回过头来看那位五年级小学生的作文，他眼睛里羡慕的别人的妈妈，会开车、会画画、会打乒乓球、会做衣服，并不是什么大不了的本领，只是觉得，至少，为人父母的我们应该让孩子看到应有的对待生活的态度，我可以不是很优秀，但我一定很努力！我可以很平凡，但我一定有追求！

在一个正在创业的朋友的空间里，晒满了自家宝贝的各种萌照，那爱，溢于言表，不过，让我坚信他是个好爸爸的，不是那些照片，而是其中一句话："生活如此美好，怎能辜负？无论如何，坚持！"

A good example is the best way of persuasion.

这是一句英国古老的谚语，"优良的示范是最好的说服"。

请珍惜你在孩子眼中的形象，请时刻保持做父母的危机意识，对孩子的成长变化抱有足够的敏感，并时刻保持对自身的反思，主动去保持与孩子的共同进步。

不必苦口婆心地说教，孩子自然会成长得茁壮，因为睿智的父母就是最好的阳光雨露。

2017年1月

你，
正在被世界温柔以待

妈妈，你的形象，不是你自己的事情

昨天去舞蹈班接涵涵，她表现得特别开心，令我颇觉诧异。

追问，答曰，因为我一进门，她的一个小伙伴就对她说："你妈妈好漂亮、好有气质啊！腰那么细，15号的晚会亲子红毯秀，你和你妈一上台，哪儿还有我们什么事儿啊！"

一边反思着来了北京后这两年因为工作忙，几乎没在涵涵的学校、舞蹈班等公开场合露过面，一边想和妈妈们聊聊自身形象这个话题。

刚好前几天看到一个女性公众号推送的一篇文章，替天下所有已婚妇女发出了振聋发聩的呐喊——

> 天底下所有的已婚女人都想做一个优雅的贵妇，可是又有几个男人能提供我们做贵妇的机会呢？生活、孩子，一切

的琐碎把我们一步步逼得离优雅越来越远，难道男人还非得再助一臂之力？

琐碎的生活、不靠谱的男人，的确都是把已婚女人逼成邋遢、灰暗、走形的怨妇、泼妇的无形推手，但是，我们必须承认一个事实——最最根本的理由是自己的懈怠！

如果"女人应该好好爱自己""女人要坦然面对岁月，优雅的老去"这些理论都不能给你足够的勇气和决心从繁杂的工作生活中脱出身来与自己的形象一决死战，那么，这里还有一个任何女人都无法拒绝也不能拒绝的理由：

"妈妈，你的形象，不是你自己的事情。"

瞧，宝贝给了我们一个不能懈怠的理由。

清晰记得几年前涵涵刚上幼儿园时候的情景。

一天早上送涵涵晚了，门口已经没有了等待着把孩子领进教室的老师，只好推开教室门把涵涵送进去。

二十几个宝贝正排排坐乖乖地等待老师分配早餐，看到我和涵涵进来，齐刷刷地抬起小脑袋，目光聚焦在我的身上，其中几个宝宝看着我亮晶晶的眼睛满含笑意，那喜欢和希望被喜欢的需求传达得那么清晰。

当天晚上去接涵涵，涵涵特别高兴，告诉我班里的小朋友都夸赞她的妈妈漂亮,她觉得很开心很骄傲,要求我每天都迟到把她送到教室里去。

为了展示自己的妈妈,愿意每天都迟到,这听起来很可笑,却最真实地反应出孩子的心理——希望有个能拿得出手的为自己增光的家长。

有人跳出来说,这是以貌取人,教坏小孩子!

爱美之心人皆有之,这是本性,与生俱来,正是对美的不断追求,人类才得以不断进步。儿童的心灵最为纯洁,眼睛最为闪亮,发现美、喜欢美,愿意与美的事物亲近是发自幼小心灵深处的呼唤与渴望,与其逃避,不如坦然面对。

"冠服不尚奢华,而容仪不可不饬也。"

不要说孩子肤浅,因为如果你连如此肤浅的事情都不能为了孩子做好,你又有什么理由要求孩子优秀给你增光添彩?

说到这里,我必须声明一下,我实在是个相貌平平的女人,甚至连五官端正都称不上。

孩子们之所以觉得我漂亮,其实就是我对自己的形象有点儿要求,身材基本保持苗条,有个发型,穿衣风格轻时尚、做工精良,加上对待小孩子比较平和,希望可以和他们平等对话。

以貌取人,这"貌"还真不是表面看起来那么简单。一个对自己身材、形象、举止、言谈有要求的人,一定是一个对生活品质、对生命质量有要求的人。一个人能让大多数人看上去舒服、有美感，这美感一定来自她（他）经历、思想、智慧长久地积淀。

当代女作家素素曾说："一个人的服饰打扮也毕竟体现了她的审美品味。而这内在的品味，应该就是智慧，历练的结果。"

形象是人的第一张名片，当你以某某某小朋友的妈妈的身份出现，就不仅仅代表你自己，你的形象代表着这个宝贝从什么样的家庭走出，她（他）每天都是在和什么样的人生活对话朝夕相处，未来她（他）很可能成为一个什么样的人，优雅抑或邋遢，有要求抑或随心所欲。

涵涵从小就讨人喜欢，从邻居叔叔阿姨到老师同学陌生人，很大原因是因为她一直都是个衣着整洁举止礼貌的漂亮小公主。幼儿园时还好，妈妈们都相对年轻，从涵涵嘴巴里知道貌似小朋友的妈妈中可圈可点的为数不少，上了小学，随着年级增长，她说，同学的妈妈要么是体型臃肿、要么穿衣随便、要么面目凶恶……

呵呵，小孩子的世界。

亲爱的身为人母的妈妈们，为了宝贝们行动起来吧！或许我们不够天生丽质，但可以美丽精致。美人在骨不在皮，适中的身材、合体的衣着、优雅的举止、微笑的面容，真的不难做到。

挤出点儿时间跑跑步、跳跳舞、游游泳，甩掉腰间的赘肉；敷张面膜补补水，对着镜子找出一个轻松的表情；翻翻时尚杂志，找几款帮助形成自己风格的服饰；瞄一家上档次的发型店，狠狠心换个发型；当然，别忘记捧本好书，滋润一下自己的头脑和心灵。

或许你会说，没有时间啊，一份工作、一个熊孩子、一个云配偶、一堆家务活，足足逼死人哪！可是，人生就是取舍，时间在于统筹，试一试，放弃一些，调整一下，总能留出点时间给自己。

世界上最伟大的爱是母爱，如此伟大的我们，为了我们的宝贝，一定可以爱自己，管理好自己，对吧？

2017年1月

让苟且不那么苟且

> 哪里有天才,我是把别人喝咖啡的时间都用在写作上了。
>
> ——鲁迅

咖啡一定要喝,如果咖啡不喝,风景不看,美食不享,刻苦努力又是为了什么?

我绝不会让自己的时间被工作占满,同样,也绝不让涵涵一天练八小时琴,无论什么情况。

有个笑话,想必大家都听过。

有个人很想长寿,请教医生长寿的秘诀。医生说,第一不好色,第二不喝酒,第三不吃肉。他随即说,我就不好色、不喝酒也不吃肉。医生问道:"那你活那么久干吗?"

生命是什么？时间。

活着为什么？做遂心的事情。

作为一个文艺女青年，提起影响我一生生活质量的文章，说出来我自己都觉得难以置信。

不是《复活》，不是《飞鸟集》，不是《忏悔录》……

二十几年前小学语文教材中有一篇课文，是数学家华罗庚写的小文《统筹方法》。

我并不热爱数学，却是一个天生的逻辑控。课文读完，华先生所列举的泡茶喝的例子已经深深征服了我。

情景：开水没有、水壶要洗、茶壶茶杯要洗，火和茶叶是现成的。

办法甲：洗好水壶，灌上凉水，放在火上；在等水开的时间里，洗茶壶、洗茶杯、拿茶叶；等水开了，泡茶喝。

办法乙：先做好一切准备工作，洗水壶，洗茶壶茶杯，拿茶叶；一切就绪，灌水烧水；坐等水开泡茶喝。

办法丙：洗净水壶，灌上凉水，放在火上，坐待水开；水开了之后，急急忙忙找茶叶，洗茶壶茶杯，泡茶喝。

显然，方法甲最合理，人人看得出。

华先生很睿智，文中直接告诉我们："是的，这好像是废话，卑之无甚高论。有如走路要用两条腿走,吃饭要一口一口吃,这些道理谁都懂得。但稍有变化,临时而迷的情况,常常是存在的。"

人人看得出,未必人人做得到;泡茶喝做得到,未必事事都做得到。

生活除了诗和远方,更真实的是眼前的苟且。

逃不掉苟且,至少可以动动脑子让苟且不那么苟且。

统筹就是一个使生活可以不那么苟且的利器。

管它是一种数学方法,广泛应用于企业管理、基本建设甚至关系复杂的科研项目的组织与管理中,于我而言,只要有用,拿来便跑不掉。

自从读了华先生的文章,我这个逻辑控就迷恋上了统筹,从此,我的人生真的变得不一样。

统筹方法带给我最大的红利,是读研究生的时候完成了生孩子的人生大事。备考的同时备孕,拿到研究生录取通知书的同时拿到孕检确诊证明。

于是涵涵的胎教始于研究生的各类课堂,待在子宫里时听到的最多声音是我为了完成研一比例最大的英语口语课程而每天苦背《新概念英语4》的课文。所以一直不知道涵涵说话早、学语言快,连主持都无师自通是不是源于在胎儿时期听了太多的语言。

> 你，
> 　　正在被世界温柔以待

　　考完试放寒假的第二天，我就进了手术室，一个月后，开学，我照常去上课，好几位教授是在我毕业的时候才知道我生了个宝宝，真的，不夸张。

　　一直不明白为什么那么多中国女性认为生孩子就别的什么事都做不了，比我厉害百倍，神一样存在的是人人知晓的日本女医生吉田穗波，全职工作、哈佛留学两年，生了5个娃。

　　毕业的时候，涵涵已经两岁半，涵涵上幼儿园，我找到新单位入职，母女俩一起适应新环境。

　　涵涵适应得超乎预料，所有小朋友必经的入园哭，正常一周，短则三天，长的，没谱，我所知道的一个朋友的儿子从小班一直哭到中班下学期。涵涵没有，一次都没有，很大原因是因为婴幼儿期我要一边对付功课一边对付家务一边对付她，所以，没太多功夫黏着她，她也不黏我。

　　我的优势很快在新单位显现出来，因为生育过的女职员与未婚的女职员相比，不会因为谈恋爱分心花费时间，不会有结婚、怀孕、生育、哺乳一大堆后续的假要请，工作的延续性更强，所以更适合承担比较重要的工作。

　　生活不只眼前的苟且，还有诗和远方。

　　有工作有娃，女人还要有自己。

　　这个自己不是简单地只指把自己收拾利索打扮漂亮，还有自己心水的事情，活着就是为了做自己心水的事，这个，我一直都牢记。

不止一位闺密冲我感叹，培养一名出色的女儿，做好分内的工作，还在坚持自己的爱好，你是怎么做到这么多事情的？

仔细想想，统筹意识真心贡献巨大。

相比于统筹方法，统筹意识更为重要。

如华老所言，统筹方法本身"卑之无甚高论"，应用于生活更是如此。然而事事时时统筹，才能真正把自己的时间掌握在自己手里，让它听话，让它为我所用。

我喜欢做计划，几乎事事、天天都要做计划，当然不是工工整整地列个计划表，那形式多浪费时间，只是脑子里大概地归纳整理一下，今天要做哪些事，轻重缓急耗时长短组合安排。

我日常的一天，如此。

六点钟起床，遛狗狗（兼锻炼自己）、打开小提琴曲（涵涵的叫早）、伴着音乐洗漱、早餐（前一天晚上预约的粥、速冻包子或者面包），换衣服（前一天晚上准备好的），7点20开车出门。

路上一个小时，听着喜欢的歌，思考着一天要做的事，理完了，开始天马行空让思想奔跑，抓到灵感立刻在红灯时用手机微信发语音给自己，这些只言片语是晚上码字的重要资料。

8小时的工作不提。

五点钟下班，返程的一个小时里开始总结和梳理，对照早上的计划，哪些事情没有完成？原因？下步如何安排？早上冒出的那些灵感，选哪一个来做今天平台的选题？

所以，在帝都这样的堵城，我开车在路上感受到的多是享受。

晚餐过后，第一件事情是把脏衣服扔到洗衣机里，洗衣机开转，我开始辅导涵涵的功课，作业是在我到家之前就一定写完了的，留下需要我帮助的，只是个别难以攻克的问题，十分二十分钟一定搞定。

7点钟涵涵开始练琴，我陪练。用心听，身体却不停歇。收拾屋子、晾衣服，为第二天做准备，随着涵涵的节奏舞动，她的旋律带动了我，我的舞姿鼓励着她，身体留给自己，脑子留给涵涵。

9点钟，涵涵听着英语录音开始洗漱，我则敷张面膜坐到了电脑前开始码字，真神归位。

10点钟爬上床，捧一本书，阅读半个到一个小时，睡觉。

> 时间就像海绵里的水，只要愿意挤，总还是有的。
>
> ——鲁迅

一天24个小时，谁也多不出一分钟。所谓挤，其实就是合理安排，想让自己的时间发挥效用，除了统筹，很大的一点在于取舍。

2017年1月

静待花开，
你可知道花儿需要怎样的努力

在一个孩子成长的道路上，母亲的角色是重中之重。不想提林妙可，因为她艺考失利而引发的对其母教育的抨击已经是铺天盖地，只想说，林母的事情，提醒做妈妈的人们，不要在坑娃的路上越走越远。

前几天一个老朋友君微信我，提起她女儿小Z学小提琴的事情。

君，全职妈妈一枚，平日里没事儿特别爱读一些育儿理论，也自以为育儿很有心得。

君告诉我小Z已经半年不怎么练琴了。

我的第一个反应是，学琴半年不练琴，和放弃有什么区别？

涵涵从学琴那天起，大年三十都还要练琴一个小时。不过我没有如此直接，而是想先厘清原因。

君告诉我是因为上学期新换的班主任太严厉，小Z每天放学回家情绪不好。

在讨论了一圈这个问题后我搞明白：上四年级的小Z，新换了班主任，老师为人严厉，批评过几次小Z，小Z回家常常情绪低落。君既没有找班主任沟通，也没有引导孩子如何学着去自己适应环境。君处理的方法是，让孩子放松，作业随便应付，小提琴也不练习。

在讨论如何解决班主任严厉对小Z造成的影响的问题无果后，我们又回到了练琴的话题上。

我不由问道："小Z喜欢小提琴吗？"

君秒回："爱，Z最爱的就是小提琴。"

我随略感诧异，既然Z最爱小提琴，那么，上学不开心，回家练琴应该是最好的调节啊！

君回复我说，她觉得小Z压力太大，需要放松，放松就是什么都不要做。

小Z 8岁半开始学习小提琴，说实话，从练小提琴这个角度来讲，开始得有点儿晚了，很多的孩子，都是五六岁就开始学习的。

君的观点是："我没有期待Z将来成为小提琴家，只是希望她能有一技之长。"

我说并没有哪个学琴的孩子一定是为了成名成家，就算一技之长，还记得那句俗语吗——拳不离手，曲不离口。

君马上回复："没关系，小Z在音乐上特别有天赋，我对她有信心，只要她付出十倍的努力，就能获得几十倍的成功。"

看到这一句，我略感无语，我听过小Z唱歌，节奏、音准的确不错，但是，小提琴是个技术活，没有大量的练习，是绝对不行的，何况，这十倍的努力也得努力啊，只停留在口头上，何时才能变现？

我问小Z目前练到哪里了，君回复我说里丁格的B小调。我告诉她，一般的小朋友，5岁学琴，6岁就要开始拉这首曲子了，小Z已经10岁。

结果，君回复我："我崇尚的是静待花开的教育理念，我不会拿Z去和任何一个孩子做比较。"

慢养孩子，静待花开。

台湾成功学大师黑幼龙的教育心得，影响了不少母亲，曾经有一段时间，慢养很是流行。

"养孩子就像种花，要耐心等待花开。"

"慢养不是时间上的慢，而是说教育孩子不要太担忧、太着急，不求孩子一时的速度与效率，不以当下的表现评断孩子，尊重每个孩子的差异。慢养，可以让孩子发现更好的自己。"

我想，君看到的应该就是这一段话，那些叫嚣着慢养的妈妈们，看到的应该也是这段话。

只是，我想提醒秉承"静待花开"教育理念的妈妈们，可曾真正吃透了这个理念的含义？

从花店、花卉市场买来的花儿之所以娇艳欲滴，那是因为园丁做足了两方面的功课：

一是清楚地知道自己养育的花的品种，是一株秋菊，自然不妄想她春天开放；是一株蜡梅，自然不期望她夏天喷香；

二是给花儿做到了足够的养护，该浇的水浇了，该松的土松了，该施的肥施了，该灭的虫害预防了，该接受的阳光照耀到了。

这两点做到了，自然只待时机成熟。

种下的种子不发芽，明明开得鲜亮亮的花儿，拿回家几天就纷纷凋零死掉，遇到这种情况的，也不在少数吧？

在黑幼龙的慢养里，除了上面提到的那两段话，还有一些例子，不知道妈妈们是否读到。

黑幼龙的四子黑立行因为喜欢研究水里的鱼而迷上潜水，黑幼龙不禁给他买了全套的潜水设备，潜水衣、氧气筒、头盔等，还每天凌晨四点开车将黑立行送到海边练习潜水。在坚持了两个星期后，黑立行兴趣索然又因为起床太早，想要放弃的时候，黑幼龙严厉地说："既然你选择了潜水，就一定要坚持下去，不要三天打鱼两天晒网。"

在孩子成长的道路上，为人父母一项最基本的功能是引导和陪伴。

在他（她）面临选择的时候用自己的经验陪其思考分析；在他（她）困惑的时候帮其解惑答疑；在他（她）动摇的时候用最大的毅力陪在身边助其坚持；在他（她）懒惰气馁的时候想尽办法将其唤醒。这样，你才能旁观他（她）的努力、远望他（她）的成长、期待他（她）的收获。

而花儿，是在园丁的倾力呵护中，才有养分可以吸取，才能战胜虫害奋力生长，这个时候的园丁才有资格怀着足够的耐心，抱着十足的信心，揣着百分的欣赏，去等待花儿自己努力，然后共同等待那个美丽时刻——用尽全力绽放出那抹属于自己的最美的色彩和风姿。

静待花开，是了解孩子、支持孩子、遵循孩子成长的规律，不是不管不顾、不闻不问，不是放手去让孩子随意成长，不是为自己不负责任的懒惰找到一个堂而皇之的借口。

2017 年 2 月

你，
   正在被世界温柔以待

借用一下南航的广告语，高度决定未来

本文阅读对象仅限于奔上小康之路的家庭，还在温饱线上挣扎的是我们帮助的对象，不在本文讨论之列。看完拎砖者请自动放下武器。

坐南航的航班，座椅靠背上的标语撞击目光——"高度决定未来"。

勾起一直以来在我心里盘桓的一个问题。

小时候母亲最常在耳边说的一句话是"好好学习，将来考个好学校，找个好工作，才能过上好日子"。

于是，努力考重点，考大学，目的只有一个——有个好工作，过上好生活。

如我一样听着类似的话长大，后来升级成为家长的朋友请举手。

升级为家长后，又对孩子说过类似的话，或者升级版、加强版的请举手。

我就常常听到不少家长对孩子讲这样的话，还有各种升级版、加强版。

如："看到扫马路的清洁工了吗？不好好学习，你长大就得去扫马路！"

如："不好好学习，你长大吃什么？爸爸妈妈老了，不能挣钱了，你只能去要饭了！"

还有气不过熊孩子，直接塞个袋子把孩子赶出家门让去体验捡垃圾的。

殊不知，孩子望着你生气的脸，心里想的是："骗谁，当我傻呀！咱家有多少钱当我不知道啊！"

"三代才能出一个贵族。"

这是西方的一句俗语，在中国社会，三代也出不了一个贵族。

有想过为什么吗？

贵族，不是富豪，贵族除了物质上的丰足，更重要的是举手投足间的高贵气质，高贵气质来自哪里？不是华服，是内心富足感的流动，是精神上的充盈饱满。

为什么我们成不了贵族？因为我们为之奋斗的好工作、好生活是轻松、体面、挣钱多；有房、有车、能旅游。

昨天收到一个女孩儿的消息。告诉我她散伙了。

对，是散伙，不是辞职，不是失恋。

她原是传媒大学的高才生，毕业后先是在一家不错的单位上班，后来经不住内心创业激情的涌动，辞职下海，和一个合伙人一起开了家文化传媒公司。

女孩儿很努力，很拼，在合作的过程中，我多次被她的敬业精神感动。

在很多人眼里，她已经是榜样，是羡慕的对象了。

可现在，她放弃了一年几十万的收入，把股份转让了，散伙了。

昨天，她给我的信息是这样写的：

> 这个社会需要匠人精神，把东西做好了，很多东西自然就来了。今年，我想找几个志同道合的朋友做点儿好片子写几个好本子。以前也以为三观和精神追求是一些比较虚的东西，但是经历过后，才明白这些才是最重要的，一点儿都不虚。有些外在的物质的或许可以妥协，有些真的不行。

特别能体会这个女孩儿的感觉。

按照母亲的教导，努力有了好工作，过上好日子之后，却觉得，这些远远无法满足我心底深处的某种渴望。于是，我决心改变对我的女儿的教育。

涵涵2岁的时候，我对她是这样讲的："妈妈觉得你是一个特别优秀的孩子，上天赋予了你更多的责任，你要努力，做自己喜欢的事情，不仅有让自己过上优质生活的能力，更该具有帮助别人的能力。"

涵涵幼儿期的偶像是成龙，因为看到了太多成龙为了拍一部好电影的付出和捐助非洲儿童的报道。

5岁半开始跟随管老师学小提琴，一次晚上学完琴回家，涵涵坐在电动自行车的后座上，迎着寒风，包裹得粽子一样的母女两个聊天，畅想涵涵长大后成为一名小提琴家的美妙时光。聊着聊着，她突然说："咱俩别做白日梦了，想一想很容易，真的要实现，是要付出很多很多努力的。"那是不到六岁的她自己发出的感叹。

有时候遇到特别难练的地方，涵涵会对我叫："妈妈，我觉得我快不行了！"我会说："再试一次，妈妈陪着你！"经过反复练习，掌握之后涵涵会特别兴奋，一边拉给我听，一边小脸带着一丝羞涩地说："妈妈，看着自己的小手这么灵活，我心里还挺骄傲的。"

做擅长的喜欢的事，充满美好的憧憬，清醒地认识过程中的艰辛，积极体验与困难斗争的感觉，这才是学习本身的乐趣所在。

一次受公益活动组织方的邀请，涵涵在为残疾儿童募捐的晚会上表演。上台后，涵涵对着麦克说："一样的年龄，不一样的童年，如果我的表演能够给残疾的小朋友带来更多的帮助，我会觉得每天几个小时的练习更有意义。"那一次，涵涵拉得特别用心，音乐里流动的情感可以感知得那么清晰。

下来后她告诉我，拉琴的时候想到那些残疾的孩子，觉得他们好可怜，自己不仅生活得好，还可以学习喜欢的小提琴，真是太幸福了，觉得拉琴很有意义，对小提琴的感情更深了几分。

用学得的技能产生价值，感受帮助别人带来的快乐，这是学习的正确动力。

前一段时间，练琴比较辛苦，已经学琴四年多的涵涵不免有些厌倦。晚上花园散步，我跟涵涵聊天。

我告诉她，以目前爸爸妈妈的收入水平和目前家庭财产积累的程度，她长大后即使不工作，也可以过得比较舒服，如果实在觉得练琴很累，可以选择放弃。

涵涵毫不犹豫地回答我："妈妈，你知道的，我从不觉得自己会喜欢过一头猪的生活。"

涵涵离贵族还很远，但她至少已经比当初的我有了很大进步，她从来不担心她的未来会是缺衣少食的，她的努力不是为了获取一份可观的物质资料的迫不得已，而是为了快乐，这种快乐来自努力本身带来的充实和通过努力获取帮助他人的能力带来的荣耀和安慰。

算算你们手里的资产，可以保证孩子长大后衣食无忧的家庭有多少？（仅仅指衣食无忧啊，奢靡的生活不算。）

你们有几个人可以做到像马克·扎克伯格那样，全部捐掉，一分不留给孩子？

现在的事实是，已经有相当一部分家庭积累的财富完全可以保证孩子未来的生活。现在的孩子也都是人精，所以当我们再用父辈的观念教导他们的时候，他们会在心底偷笑我们。

是时候提升做父母的高度，改变一下教育孩子的理念了。

我们的父辈，他们因为物质匮乏，知识和见地有限，寄予我们的希望是脱离贫困，过上好日子。我们这一代，经过努力完成了物质基础的积累，下一代，是不是应该从更高的起点开始？

向贵族进发，多一些心灵上的感悟，一些精神上的追求，让成为人的生命，更饱满，更充实，更纯粹一些！

从这一刻开始，我们是不是可以尝试这样对孩子说："你不学习也可以不愁吃穿，只是，你会错过知识带来的快乐和荣耀。如

> **你，**
> 正在被世界温柔以待

果你愿意，我愿意陪着你，一起感知生命，一起成长为一个有追求的人，一个高尚的人，一个有价值的人。"

2017 年 2 月

凡事都要受到惩罚才可以提高自己

前几天看到朋友分享的一篇文章《复旦教授演讲惊人"不能再对孩子让步！"很多家长听后沉默了》。

演讲的教授是复旦大学的钱文忠。

文中钱教授指出，中国目前的教育处于非常危险的阶段，在提倡素质教育、快乐教育、成功教育的当今中国，社会、老师、家长一再对孩子让步，使得独生子女这个中国特有的产物成为令人担忧的一代。听不得批评、吃不得苦，没有责任更无从谈担当。

文中提到赞同传统的中国教育和国外严格的学校规定，然后提到了惩戒，主要是身体上的惩戒。

其实，这篇文章很早之前我就看到过。

文中很多现象是有目共睹的，很多观点也是我所赞同的。

至于惩戒，我认为，所有的惩戒都应该在和孩子约定并达成共识的前提下进行。

达成共识的惩戒，是对孩子三观教育的良好契机

达成惩戒共识的过程就是家长和孩子共同认定什么是错、什么是对的过程。

成人的世界观、人生观已然形成，有些家长难免认为自己认定的对错，孩子也一样认定，其实未必，很多时候是想当然。

所以，家长和孩子会有那么多争执。

例如，看电视，玩电脑，对还是错？

不同家庭，甚至同一个家庭，不同情景下对错也并非一成不变吧？

一个朋友，前几天下班回家，家里老婆和九岁的儿子正剑拔弩张，原来儿子逃课被老师告状，老婆气得暴跳如雷拎着拖鞋要揍小子。

朋友对老婆说："这事交给我。"而后把儿子约到小区散步。

爷俩一边散步一边聊天。

原来儿子觉得学习枯燥，又没什么意思。朋友就和儿子分析：不上学也行，现在我养你是义务，只是再过9年18岁成人了你打算拿什么来养活自己？

两个人从街头卖艺谈到送快递，朋友不停地给儿子出主意，到最后，小子不得不承认为了让自己生活有保障必须得上学。

接着朋友又进一步谈论了知识对人思想层面的提升，思想提升了，胸怀和格局随之变大人生就会不同。当然，后面这些或许根本没有进小子的心里，但是至少儿子知道为什么要上学了，再逃课挨揍那是必须的啦！

拿出一点儿时间和孩子认真谈一谈，哪些事情应该做，做到什么程度，哪些事情不能做，如果违犯了，应该受到什么样的惩戒处罚。

达成共识的惩戒，才能起到惩戒的作用

"法无明文不为罪，法无明文不处罚"是刑法的核心要义。

家庭教育虽不是国家法律，道理却是一样。

惩戒的目的，是让孩子从中明白人要为自己的行为负责，是让孩子从中学会自己承受不当行为的后果。

惩戒不是为了出气，不是为了满足家长或什么人的情感需要。

所以，提前达成共识，当孩子违犯了约定，做了不该做的事情，惩戒才能接受得心服口服，心甘情愿接受惩戒才能引起思考，才能起到警戒，才能逐渐进步和成熟。

这才是惩戒真正的意义。

没有达成共识的惩戒，在孩子心里多数会认为是大人借助身体上的优势、身份上的权威而任意妄为的欺压行为。

摄于上述两点，多数孩子表面不敢反抗，但是接受惩戒时内心是怀着抵触甚至恨意，这种情绪根本达不到惩戒的目的，即使表面上按照要求做了，实则效果完全不同。

更有甚者，埋下祸根。

有不少青少年犯罪，父母万般悔恨千般委屈，哭诉自己平时没少打没少骂，这样的案例在中国社会并不少见。

惩戒，最好不要涉及体罚

昨天和涵涵辩论一个问题，小嘴伶牙俐齿有理有据。

我一直没有因为长幼身份限制过涵涵的言论。所以当她和我舌战的时候，我心里除了欣赏，完全没有不爽。

当时突然冒出一个念头，想试试她。

我一反常态："找揍吗？"

没想到，涵涵却说："唉，你现在是斗嘴斗不过我，动手也动不过我。"

这是真的，这个10岁天天练琴、游泳的小女孩力气早大过我，身体的灵活性更强我不知多少倍。如果真的对打，我绝对不是对手。

"那你是要造反吗？"我玩笑她。

涵涵："我就是阐述一个事实，你是我妈，绝不能动手打亲妈！你若真要打我，我也就只能忍着。"

对于母亲而言，6岁以下的孩子，没有反抗能力，6岁以上的孩子，接受体罚真的是因为爱你或者迫于道德而承受。

即使父亲，也总有儿子身体强过老子的一天哦！

所以，"疼痛不是惩罚"！

体罚，实际上是在向孩子展示一种恃强凌弱，对一个人身体上的欺压、羞辱、折磨，一定是low的。

失去和得不到才是最有效的惩罚

举两个真实的例子。

例一：

涵涵6岁学琴半年的时候。一个周末我要培训，留她自己在家里练琴。约定好她练一个小时，用iPad看一集动画片，一集20分钟，她练三次琴，看三集动画片，我刚好培训结束回家。下午带她去她心仪已久的游乐场。如果她做不到，管不住自己辜负了我的信任，下午就不去游乐场。

结果，无人看管的小朋友根本禁不住诱惑，按要求练了两个小时看到第二集动画片后就管不住自己了，我进门的时候，动画片正在播放第六集。

看到我进门,涵涵立即站起身来关掉 iPad,小脸上一片尴尬。

我只冷冷丢下一句:"下午不去游乐场了。"

那个下午,涵涵自己练了一下午琴。

例二:

二年级时,一次涵涵主动报名周末一早的卖报纸活动,目的是给她最好的朋友壮胆,因为那个小女孩特别胆小。涵涵平时比较磨叽,所以前一天晚上我提醒她,原本周末我可以多睡一会但是为了她和她的朋友我愿意做牺牲,只是第二天一早的活动她必须自己早早起床做准备,不然晚了我是不会帮忙的。

第二天一早,我醒了,没心没肺的丫头还在睡觉,我叫了她一声,她和往常一样应了我又翻身赖床。我索性不再搭理她。

八点半,她突然跳了起来,催促我快走,晚了!

我则不紧不慢地收拾着,最后,她开始哭着求我动作快点儿。

"凡事都要受到惩罚才可以提高自己。"

做家长的,要做的只是如何让惩罚更有效而已。

遵守约定,坚持执行,不因暴怒而扭曲,不因溺爱而心软。

2017 年 6 月

拉小提琴比吃冰淇淋快乐一百倍?

新冠疫情让家长最头疼的是网课,因为网课产生的段子已经多次让人笑到头掉。但是,作为一个家长,真心笑不出来。

这次长时间的网课,暴露出的问题,每一个家长都无法再逃避。如何让孩子能够抵御电子产品的诱惑?如何让孩子在拥有相对自由的时间、空间的情况下,做好自我管理?

现在是一个美好的时代,对应美好的,是非常多的诱惑。随着生活水平的提高,简单的快乐对孩子们而言唾手可得,比如一顿美食、一个玩具、一场游戏。然而,一旦简单的快乐获取得过多,就容易沉沦,"越吃越馋,越睡越懒",这是人性使然。

如何克制简单的快乐?那就是体验高级快乐。

真实的、永恒的、最高级的快乐,只能从三样东西中取得：工作、自我克制和爱。

——罗曼·罗兰

高级快乐需要付出很多的代价才能获得，所以，那种满足、那种快乐远远比低级快乐要强烈很多倍，而且，高级快乐多数与人的尊严，与自我的突破相关，所以，体会过高级快乐的人，往往更容易抵制低级快乐的诱惑，也会更加奋进。所以，我主张尽早让孩子体会高级快乐。

比吃冰淇淋快乐一百倍

涵涵6岁的时候，要参加省里举办的弦乐大赛。上小提琴课的时候，管老师说，她手里有几根进口的松木小弓子，一直不舍得卖，准备留给小提琴拉得最好的孩子，然后许诺说："涵涵你如果在比赛中取得好成绩，我就送你一把松木小弓子。"报名比赛的时候涵涵刚刚学习小提琴半年，还处在基础阶段，为了比赛第一次接触整首的大曲目。比赛需要两首曲目，中外各一首，管老师给涵涵定下的外国曲目对涵涵当时的程度来说，已经很有难度了。在选中国曲目的时候，涵涵放弃了诸如《小星星》《两只老虎》等那些耳熟能详的小曲子，而是选了前后两段变速风格迥异的《瑶族舞曲》。当管老师知道涵涵中国乐曲选了《瑶族舞曲》的时候，略显担心,但,什么也没说。

准备比赛的那20多天,6岁的涵涵每天增加一个小时练琴时间,常常晚上在我下班之后,骑着电动车带她去找管老师加课。《瑶族舞曲》每天先打慢拍子练前面部分,再换速度练后面一段,最后停掉节拍器合在一起练。小小的人儿自己在那里琢磨,前面怎样拉得更抒情,后面怎样再加快速度增加对比,怎样衔接更好听。比赛结束,涵涵拿到了幼童组银奖,从管老师手上接过精心挑选的松木小弓子,谢过管老师,我们母女俩走在大街上,涵涵背着琴在我身边蹦蹦跳跳地走,她突然说:"妈妈,我太开心了,这种感觉,比吃冰淇淋要快乐一百倍!"

比吃冰淇淋要快乐一百倍!冰淇淋可是涵涵最喜欢吃的东西,这种通过努力,突破自我,获得认可的快乐,比好吃的冰淇淋带来的快感要强烈一百倍,这就是高级的快乐。有了这样的体验,我相信,下一次,涵涵还会选择高级的快乐。后来读到三年级,涵涵还把这件事拿来写作文,可见印象之深刻。

感谢自己

7岁从香港参加完比赛回来后,爱乐乐园开始组织优秀学生音乐会,那是第一次组织大型的现场音乐会,涵涵被选定为主持人,还要作为优秀学生担任独奏。当时我和管老师都有点儿担心,

7岁的涵涵是不是可以同时扛起两副重担,因为虽然独奏的曲目她是练熟的,从幼儿园开始她也一直担任各种活动的主持,但是同时完成两项任务还是第一次。准备音乐会的那几天,涵涵每天诵读主持词、练习走台和站姿,练琴、合钢伴,忙得不亦乐乎。

演出当天,涵涵是这个整台音乐会年龄最小的,又主持又独奏的小姑娘自然而然成为全场的焦点,音乐会一结束,她就被献花和拍照的大人孩子团团围住。答谢宴上,参加音乐会的各位领导也都不吝夸赞。晚上回家的时候,涵涵还兴奋得不行,我问她这种感觉如何?她说太快乐了,感谢管老师,感谢小提琴,也感谢自己给自己带来这么强烈的幸福感。

正是这样一次次高级快乐的体验,让涵涵知道只有刻苦练琴,不断突破自我,才能获得高级的快乐。学琴八年来,涵涵百分之八十的练琴时间都是自己一个人在家度过的,我相信这个过程中她一定经历了很多次自我的矛盾挣扎,是曾经的这些高级快乐的体验,让她在多数的时间里,能够尽最大努力克制自己。

真好,我还没有老

因为疫情,央音附小的期中考试改为录制视频。录制视频那天下午,维尼亚夫斯基第三课,速度快,音符又多,录了三个多小时,几十遍,涵涵都不满意,不是个别音不准,就是有的地方衔接不好，或者速度不够快。我举着手机举得手都酸了，挑了一个总体上相对差不多的，准备就拿那个用。谁知，录完第二首帕格尼尼 20，涵涵要求维尼亚夫斯基第三课再录一遍。这一次，犹如神助，涵涵不但完整流畅地拉了下来，速度比自己曾经的记录还快了十秒。录完，我放下手机，发现涵涵竟然双膝跪地，两只眼睛闪着亮光，说："真好，我还没老！"

十几岁的孩子说"真好，我还没老！"我的心被震动了，仿佛一下子体会到了那些奥运会运动员眼含热泪、绕场狂奔的心情，突破自己的快感是多么强烈，只有这种高级的快乐，才能催发真正的动力。

2020 年 5 月

爱的滋味

爱是什么？是惦念还是思念？是关心还是心跳？是占有还是成全？是行动还是情绪？而这世间又有多少种爱？亲人之爱、友人之爱、恋人之爱，对一事一物短暂的或经久不衰的喜爱，每种爱有各自的滋味，或真或假、或悲或喜、或甜或苦……

珍珠与死鱼眼珠子

珍珠和死鱼眼珠子,这两个物件儿有什么关系呢?

《红楼梦》中的那个奇葩贾宝玉偏偏把这两样不相干的物件联系在一起,用来形容一个物种的不同时期。贾宝玉说:"未出嫁的女儿是颗珍珠,一旦嫁了汉子,就变成死鱼眼珠子了。"

呵呵,虽然不喜欢贾宝玉的处处留情,不喜欢他的阳气不足,但是他对女人本性的爱怜和尊重还是值得欣赏的。《红楼梦》里多是贾宝玉对女性的赞美,在宝玉心底女人是美好纯真、善良高尚的,他说:"原来天生人为万物之灵,凡山川日月之精秀,只钟于女儿,须眉男子不过是些渣滓沫而已。"他还说:"男人是泥做的骨肉,女人是水做的骨肉,我见了女儿,便觉得清爽。"对女性如此崇尚的贾宝玉,死鱼眼珠子的理论显然不是贬低女人的,而是在感叹因了男人,女人的可怜、可叹、可恶变化。

不得不说，宝玉的这个比喻很贴切，古人发明的"鱼目混珠"这个词已经告诉我们，二者形状相同，相似度甚高。但也同样告诉我们二者的价值及在人们心中的地位相差千里。细细品味这两个词，眼前闪现出这样的画面：珍珠——笑颜如花，娇嫩欲滴，眼波明媚的少女；死鱼眼珠子——肤色黯然，身材走形，眼光要么犀利世俗，要么黯淡无神的中年妇女，前者是那样的纯真美好，后者是那样的乏味令人厌恶。

那么，问题来了，是什么把珍珠变成了死鱼眼珠子？

依宝玉所言——嫁了汉子。

如珍珠般的少女，必定是有着窈窕轻盈的身姿，有着风花雪月的情怀，有着剔透玲珑之心，有着五彩斑斓的梦想。记得《舌尖上的中国2》中有一集提到一个女子，在方圆百里也算是有才华的，年轻时有很多梦想和规划，后来遇到成为她丈夫的这个男人，如今，生了两个娃娃，守着丈夫，操持着每日的三餐，她说："女人嘛，不就是找个好男人过个安稳日子嘛！"

安稳日子，这就是普通女子对好男人的界定，只要他顾家，只要他安稳，这已经是好男人了，有了这样的男人，珍珠们屋前屋后相夫教子，哪里管得了什么时候失去了光泽，变成了死鱼眼珠子呢？

身边，这样的女子，比比皆是。

有个同事，我10年前的记忆中她是个美丽精灵的女子，一口流利的英语，在我们中学的年轻教师中绝对是个令人瞩目的角色，办公室中常常可以看到她娇媚的身影，听到她银铃的笑声。有幸，我见证了她的爱情，男友帅气幽默，常听她在办公室中讲述两个人在一起的趣事，她脸上展现出的爱情赋予的醉人的光芒时时让我羡慕。后来离开，10年后，偶然一次相遇，让我诧异的不是她的皮肤有了皱纹，而是，那股子曾令我暗暗嫉妒的精灵和光泽荡然无存。闲聊片刻，了解到她婚后生了一个女儿，女儿3岁后她选择了辞职，原因是老公想要个儿子，那个时候二胎政策还没放开，老公已经是个有头有脸的处级干部，所以只能她舍弃工作偷生。还算幸运，二胎如愿生了儿子，之后的她就只能在某些私立学校找些临时的课来代一代。我不敢妄下结论她的婚姻幸福不幸福，但是，我敢肯定，宝玉见了10年前后的她，一定会认为自己那句话说得太有道理。

此外，我还有一个担忧，再过10年，女儿、儿子都大了的时候，这个同事，真的可以现世安稳、岁月静好吗？那颗曾经装满梦想的心里，会不会闪现那么一<u>丝丝遗憾和失落</u>？

太多的中国女性具有崇高但是却有点儿愚蠢的奉献精神，用一生放弃自我的付出回报男人一时的疼爱。为了守住婚姻，为了心底对那个男人的爱，太多的女人选择放弃那个曾经的自己，去关心他所关心的事，去迎合他的需要，不管自己曾经是怎样一朵奇花，自己曾经拥有怎样七彩的梦想，直至有一天，珍珠的光泽褪去得再无踪影。

可是，依照男人的属性，他们并不满足于拥有一颗属于自己的死鱼眼珠子，并且，自己手里的这颗死鱼眼珠子，只能衬托得周围的珍珠更加光彩诱人，让他们怦然心动。

由此可见，追究珍珠怎样变成死鱼眼珠子是毫无现实意义的，男人们不会感兴趣。因为感激而心生责任和原始荷尔蒙被激发而来的爱意，哪个更有冲击力？呵呵，不必多说了吧。

死鱼眼珠子就是珍珠的宿命吗？当然不是，越来越多的女子告诉我们："未出嫁的女儿是颗珍珠，嫁了汉子，可以从珍珠变成钻石。"48岁的杨澜比少女时期更干练美丽，处处闪现着钻石的光芒；生了5个孩子如愿从哈佛毕业的日本女医生吉田穗波，那一脸的淡定从容和自信令人向往……

这样的例子绝不仅限于女明星，说这些也绝不是鼓励所有女性都做女强人，身边结了婚还能把自己活得活色生香的女子也为数不少。

别放弃自己，和你的爱人一起追逐梦想，如周华健《风雨无阻》中所唱"让我走出一片天空，让你尽情飞舞，放心的追逐"，一起成长、共同坚持,会是更美好的一种爱情和婚姻。

让珍珠解除死鱼眼珠子的魔咒,女人们,坚持自己;好男人,如果有能力,帮助心爱的女人实现梦想。

2016 年 7 月

| 你，
正在被世界温柔以待

这样的爱情,请给我来一份

塞罕坝草原一个骑马场,人们欢腾的笑声点缀着草原的宁静和辽阔。

骑马射箭嬉笑的年轻人和孩子们中间,坐着两位老人,静静看着人们欢闹,眉目含笑。

初始以为是哪位孝顺的男子或女子带着父母一起来享天伦之乐,观察一阵后发现,就是两位老人单独旅行。

"叔叔,您从哪里来?"

搭讪从最常见的方式开始。

老先生转过头来,慈眉善目,一开口,声若洪钟,一口京腔带着北京人特有的热情:"我们北京人,刚从阿尔山到这儿来。"

老先生回答得很周到,我才意识到自己的问话有歧义。

"阿尔山?我后面也计划要去,路好走吗?有什么特别值得看的地方?"

我急切想知道一些关于阿尔山的情况。

"您稍等。"未曾想老先生站起身来向不远处的一辆黑色奥迪A6走去,身材高大,气宇轩昂。

"北京进入七月就开始热,一到这个时候,老头子就说,走吧,避暑去。我们俩就出来四处走走。"旁边坐着的身穿碎花衣裤的阿姨主动说起。

"你们俩?自驾游?"

"对哦,别看我67了,开车技术不错的!一口气开出个六七百公里没问题。很多越野车通过都困难的路段,我都可以。"老先生走回来,笑着回答我,眼睛里闪着自信,手里拿着一张中国地图。旁边阿姨仰头听老先生说话,眼神里满是崇拜。

老先生认认真真给我讲起通往阿尔山的路线和沿途有哪些值得一看的风景。说着,还拿出手机,让我欣赏他一路来的收获。

手机相册里,有山有水,有草原有鲜花,还有一位不变的女主角——阿姨。根本看不到老先生的身影。

仿佛看出了我的惊诧,阿姨说:"我不会拍。"声音里没有丝毫歉疚,却有着几分傲娇。

"有我给你拍不就行了?你想怎么拍就怎么拍!"老先生接话,语调里带着几分宠溺的味道。

阿姨望着老先生笑了,满是褶皱的脸泛着一层美丽的光芒。

"姑娘，挨着这塞罕坝的乌兰布统你去了吗？感觉如何？"

老先生询问我，作为回报的机会，赶紧倾我所有，"乌兰布统和塞罕坝都是草原风光，只是那边属于内蒙，林场少些，草原更广阔些，需要重新购票。"

"那就不去了吧，风光差不多，还得再买一次票。"阿姨仰头看着站立的老先生，仿佛一个小孩子等着家长的决断。

"去，咋不去呢，先在这塞罕坝住几天，再到乌兰布统去。来了就四处看看，咱俩都快70的人了，都半票。趁着咱俩身体好，还跑得动，这几年我带着你，走遍全国。"老先生低头看向阿姨，眼神那样亲切。

"太阳下去了，风凉了，咱们回酒店歇着吧？"阿姨站起身，挽起老先生的手，两人冲我打个招呼，朝奥迪车走去。

看着广袤草原夕阳下这一对挽手相携略显苍老的身影，我突然感到喉头发热。

很开心这就是一个平凡温馨的事实，而不是为了赚取感动和眼泪而在美好外表下掩盖着一个一方身患绝症的悲情小说或者电影。

这就是我们身边的生活，无论年轻时曾经怎样吵吵闹闹、沟沟坎坎、风风雨雨，这一刻就是这样岁月静好，你我相伴。

相濡以沫、相伴到老,即使老到耄耋,你依然在我眼里,我依然在你心里。

这才是我们希望看到的生活,渴望享受到的爱情。

2016 年 8 月

爱情，能否高级一点

漓江岸边石崖壁上，一书刻颇为引人，原来是一个感人爱情传说。

古时，碧崖阁山山北的清水塘村住着聪明俏美的姑娘春妹，山南的建冲村住着勤劳能干的小伙桂生，两村隔一石山，中又有小河挡路，来往十分不便。隔山隔水难隔情。桂生和春妹在小河南北劳作，常唱歌对答，渐生爱慕之心。于是商定，要在碧崖阁山下凿条通路以便乡亲往来，办成此事才成亲。他们早晚挖凿，一年仍未凿通。

刘三姐传歌路过这里，见这对爱得如此坚贞高尚，便随口唱道"漓江碧水照鸳鸯，桂生春妹好一双。碧崖山下打通路，路走几长情几长"。刘三姐的歌声吸引来了众乡亲，大家齐心协力，一天功夫凿通了路，还修建了碧崖阁亭和姻缘石桥。桂生和春妹从此结成美满姻缘。

这个愚公移山的爱情版,让我突然想聊聊爱情,这个被人类誉为永恒我却从不敢触及的话题。

> 泉涸,鱼相与处于陆,相呴以湿,相濡以沫,不如相忘于江湖。
>
> ——《庄子 外篇 天运》

世上有两种爱情,一种相濡以沫,相厌到死;一种相忘于江湖,想念到哭。

蓦然发现,古今中外流传已久的爱情故事,白蛇传、梁祝、罗密欧与朱丽叶……不论黑发黄肤还是金发碧眼,肉身凡胎还是仙鬼跨界,感人爱情都有着类似的结果——最终分离。

白蛇被压于雷峰塔下,许仙方才悔悟自己的错误;梁山伯肺病死了,祝英台方才撞墓而亡;罗密欧在见到朱丽叶之前追求的是罗萨兰……如果当初就顺顺利利在一起,没有法海、没有马文才、没有诈死,还会有我们为之歌颂、为之向往的爱情典范吗?

桂生和春妹亦然,只记载路通成婚,没有后来。

于是有人说,婚姻是爱情的坟墓,其实不然,许仙和白蛇、牛郎和织女都是结了婚的呢。所以,埋葬爱情的从不是婚姻,而是长长久久在一起的日子。

仿若只有相忘于江湖，才会想念到哭。

因为唯有得不到或者失去，方才感知珍贵，方才日思夜想，人之本性。

《廊桥遗梦》里弗朗西斯卡与罗伯特分离的近30年间，相互藏于心间念念不忘的情节赚取了多少人的眼泪和向往，又寄托着多少人未敢说出口的那因为种种原因不能见光不能相守的爱情？无论是被棒打的鸳鸯，还是无法登堂入室的第三者。

其实，现代社会恋爱自由，凡是最终步入婚姻的，十之八九都有爱情基础，后来触碰暗礁，不离，忍着过下去的，多半要很久一段时间是念着第三者的好，觉得原配无趣，忍着过；离了，第三者变夫人的，过上一阵，怀念原配诸多好处者也大有人在。无论男女。

特别不喜欢看到一有某个明星出轨，就有网友大呼"不再相信爱情"。

如果说，爱情仅仅指男女间相互的吸引，那么，几乎每一个生而为人的人都曾遇到过爱情。这种爱情，源于荷尔蒙分泌的吸引，源于所谓"眼缘"，源于自认为冷静地分析过的合拍，因为正值好年华，自然也有电光石火之功效，无论如何也是人生一段宝贵经历。

只是，日日的相守，年年的相伴，从喜爱到无感，从了解到厌倦，那曾经荷尔蒙掩盖下的爱情，只好幻化为亲情，或者，另寻出路。

所以，相濡以沫，必定相厌到死。

《金婚》里的文丽和佟志，细心的观众必定注意到了开始几集，两个人那也是甜甜蜜蜜慕煞旁人，那不是爱情？一定是啊！可是后来的40多年岁月，几乎全在争吵闹腾中度过，直到金婚典礼，依旧为了穿不穿婚纱而争执不休，可谓是相濡以沫，相厌到老的典范。

而另一条副线，遇到李天骄后的佟志，虽然并无什么实质进展，一直到老了再见也还是情愫未了，很好地验证了相忘于江湖，想念到哭。

所有爱情盼相守，相守却是爱情夭亡的灵丹；

所有爱情怕分离，分离却是爱情永存的妙药。

这，就是普通人的爱情真相。

由此，对于金岳霖对林徽因一生的守候，如今想来，也未觉多么感动，对梁思成在林死后即娶了自己的学生，也不再觉得愤慨。

也劝各位，无论哪位明星被曝出轨，都不必大惊小怪，直接影响到自己的人生观爱情观。无论明星还是伟人，除却在他所擅长的领域赢得的光环，都先是凡人一枚。

身边的纷纷扰扰更多，触碰了暗礁，离或不离，各自衡量。

如此冷静地写完上面的文字，心里却还是觉得不甘，这世间，真的就没有高级一点，真正值得向往的爱情了吗？

细细梳理，还是找到了更高级一点的爱情。

杨绛与钱钟书，仿佛要高级一点。除却像很多常人一样的一见钟情，钱钟书与杨绛还有比肩齐飞共同钟爱的文学事业，杨绛话剧《称心如意》大红，钱钟书立即闭关写出旷世奇作《围城》；杨绛笔下描写的老顽童，一颦一笑、一举一动充满爱意和欣赏，钱钟书则概括他和杨绛"绝无仅有的结合了各不相容的三者：妻子、情人、朋友"。

除却荷尔蒙的吸引，多一些相互间对才情、性格、价值观的欣赏，多一点共同的爱好和追求，没有海枯石烂山盟海誓的轰轰烈烈，只有相守时的理解、宽容、支持、温柔以待，你死了，我念着你依旧好好活着。

2017 年 1 月

恋一座城，为一个人

每次听汪峰《北京北京》那首歌，都忍不住内心颤动，一个城市要留给一个人怎样的经历，才能有如此深刻的感受？这令我想起听到的四个故事，和城市和爱相关。

北纬39°9'，东经116°3'，北京

2015年9月17日，《法制晚报》，《北京PM2.5浓度今达到峰值，28天来最高》

蒋小凡的手机响了。

"妞妞，在哪儿呢？没出门吧？爸爸给你寄的防雾霾口罩收到了吗？"

"两天前就收到了，北京随处都可以买到这种口罩，妈妈以后不要让爸爸寄了。"

"你爸每天都要看北京的空气质量报告，妞妞啊，这么大雾霾还要上班吗？还得挤公交挤地铁吗？"

透过办公室玻璃窗看了一眼灰蒙蒙的天空，蒋小凡对着听筒说："别担心啦，我这是大公司，可关心员工健康了，老板让我们可以把工作带回去做，只要按时提交就好。"

"嗯，挺好、挺好，对了，还有那清肺茶，记得喝。咱们本地产的甘草和黄芪别的地方比不了。你小时候有轻微哮喘，一直都没好利索，这两年北京有雾霾，我和你爸总在思量，想叫你回来，身体比什么都重要，又晓得你们年轻人有追求有理想，知道你不爱听，可是要记得喝啊……"

玻璃茶杯里，淡绿色的液体清亮甘冽，从蒋小凡口中缓缓流下，直润心田……

北纬31°2'，东经121°4'，上海
2016年6月5日

乔乔看着屏幕上荣易那张哭丧的脸，努力安慰着："亲爱的，别丧气，说不定下一秒雨就停了，离开演还有五个小时呢，赶得上，赶得上，我就在机场外面候着你。"

"乔乔，别安慰我了，赶不上了，外面的雨还在哗哗哗，雷电还在噼里啪啦……"

一个半小时过去，荣易发来了消息："乔乔，我想，上帝是不允许我这样的老女人放弃自己的责任放纵一回的……"

乔乔盯着这一行字发了呆。

五天前，当荣易告诉乔乔，五天后她要来上海和她一起参加宋仲基亚洲巡回粉丝见面会的时候，两个30多岁的女人对着屏幕像孩子一样欢呼尖叫……

毕业十年了，荣易和她的名字刚好相反，活得一点儿也不容易，当初大学毕业，为了爱情放弃上海去了北方的小城，从此，荣易骨子里的小资和浪漫就只有乔乔一个人懂得。

乔乔经常发上海的图片，挂满晾衣杆的弄堂，散发着淡淡霉味的石库门，繁华的南京路……荣易便会在每张图下配上文字，因为那图片里记载着读书时两个人的痕迹和记忆……

一张到上海的机票，来回三天独自的行程，乔乔不用问，知道这耗费了荣易多大的决心。

"你手机流量够吗？"乔乔发送一行字过去。

上海体育馆，宋仲基的粉丝们已经围得水泄不通，一大群举着牌子穿着粉嫩的少女在欢呼尖叫。

乔乔深吸一口气，举起手机，对着屏幕："荣易，看，咱们一起来了，来，像个少女一样，欢呼起来，尖叫起来！！"

北纬22°27',东经113°46',深圳

2016年8月26日,《深圳晚报》

"目前东延段地铁建设最大的困难是有60万平方米的拆迁量……开工选择富坪街站是考虑到施工难度相对较低……"

2016年11月9日,深圳地铁网

"深圳地铁发布14号线第一次环评公告。将在惠州境内设3个站……"

2016年11月18日,《深圳特区报》

"为了化解8号线一、二期换乘风险……8号线一期延长一站至大梅沙,避免旅游客流不必要的换乘……"

羽洁轻轻翻看着手中的剪报,那段记忆再次涌现。

3年前,她大学毕业,新公司的工作适应得很辛苦,唯一安慰的是结识了一个好姐妹相互扶持,努力半年,等到转正结果公布,才知道一直都只是在给所谓好姐妹做陪衬。

然后,男朋友发来信息:"对不起,遇到她,才知道什么是真爱,原谅我,这些年,一直都没搞清楚自己的感情。"

2013年的冬天,好冷。

带着手机和钱包,羽洁坐上了南下的火车,去哪里,并不知道,只想找个温暖的地方,让自己暖和一点儿。

不知道为什么到了深圳，直到从深圳地铁里走出，一摸口袋，才知道，自己真的是一无所有了。

坐在深圳地铁站的候车椅上，羽洁的眼泪终于一滴一滴滚落，无助和绝望压得她喘不过气来，真的想把这没人爱的冰冷的生命扔在这温暖的异乡……

一只手轻轻碰了碰羽洁，羽洁抬起头，一张带着微笑的脸出现在她眼前，是一个男人，羽洁的问话还没有出口，一张纸巾递到眼前。接过纸巾，刚要言谢，几张红色的钞票塞到了手里，错愕中，那人已经转身进了地铁，那身影在羽洁的一声"喂"中，消失在关闭的车门里。

无从知道是谁，或许也根本就不需要知道是谁，自此，关注深圳地铁的所有信息，成为羽洁的一种习惯。

深圳的地铁，每时每刻都在羽洁的梦里低语：世界没有放弃你，你有什么理由放弃这个世界？

北纬36°34'，东经101°49'，西宁

2017年1月16日

天刚刚擦亮，清水揉揉酸涩的眼睛，踮起脚尖朝售票窗口张望。这已经是第三天了，白天上工，凌晨排队买票。第一天排到时有硬卧，清水没要，离回家还有十几天呢，说不定可以排到一张硬座，毕竟差着近200元呢，够给秀华买一件像样的衣服了。

想到秀华，清水不仅笑了。

10天后，坐21个小时的火车，到了西宁，就可以见到秀华了。秀华在电话里说了，买到票告诉她，她从家里坐车到西宁接他，这样，可以早见面四个小时。

清水早知道可以在网上订票了，不过，那得是智能手机。好几个工友换了智能手机，清水没换，还是三年前决定出来打工时带的那部诺基亚，能打电话就行。那智能手机，一个是贵，一个是费流量，流量要钱，此外，总上网看东西，看图片，看美女，清水怕把自己看丢了。

有时间，用来想秀华，不是很好吗？

给公公婆婆打好洗脸水，给儿子掖掖被子角，时针指向七点。秀华望望墙上的表，手机怎么还没响呢？清水该打电话了呀，该告诉她今天有没有买到从北京到西宁的票啊！

想到西宁，秀华向往起来。

那是个大城市，自从和清水结了婚，每年秀华可以有两次机会去西宁。

一次送清水去北京打工，一次接清水回家过年。

西宁，有两个人的别离，更有两个人的欢聚。

"丁零零……"

"华，买到了，买到了，T175，二十九中午十点四十到！"清水的声音激动又兴奋。

"太好了，家里好着呢，你放心。"秀华的声音兴奋又激动。

"十天后，西宁，等着我！"

"十天后，西宁，我等着你！"

2017年2月

你，
正在被世界温柔以待

如果逃不过情劫，
请在最后一刻给自己留一丝尊严

我写过一篇小说《黎鸥》，女主角的名字叫黎鸥[1]。她为了大学时的一段情缘，甘做第三者，在被包养的日子里修炼自己，当男人又恋上更年轻貌美的女孩的时候，选择转身离开，华丽转身去追逐自己的梦想。

最初认识黎鸥，作为一个女人，她的美貌令我为之一震。都市电视剧中明眸皓齿，优雅大气的高级女白领气质让我冒出一个念头：我若是男人，一定会存非分之想。

朋友说我曾经在她的学校见过黎鸥，这不是第一次。

任我怎样努力，也想不出她的学校曾经有这般优质的女生，

---

[1] 黎鸥的人物原型，是我曾经的一个朋友的闺密，朋友结婚她负责收红包的那种闺密。

而且，我肯定地说，这样的女生，任谁见过一面，也绝对不可能没有印象，除非瞎子。

朋友翻出来大学时的合影。

我没瞎，眼镜却差点儿跌碎。

经过几番辨认，终于相信，照片中那个我曾经见过的搂着朋友的戴黑框眼镜的胖子就是眼前的黎鸥。

原来肥胖可以把美毁得那么彻底。从那一刻起，下定决心，死也不能胖，本身就不是美女，如若再胖起来，必然惨不忍睹。

因为瘦身前后的判若两人，黎鸥成功地引起了我的兴趣。

得知她为爱瘦身重生，我感动到一塌糊涂，再得知她当三的身份，我有点儿不知所措，以爱情的名义挑战公认的道德，我的理智站在道德一边，情感却倾向于她。

被包养的黎鸥每天无所事事，唯一需要做的就是打扮漂亮等待那个男人出现，一周只有两天。黎鸥的日常就是陪着朋友，或者和老同学聚会。

朋友常常告诉我某某某是黎鸥送的，同学聚会常常是她买单，朋友有事无论帮腔还是出头，她绝不旁观。我赞黎鸥豪爽大方，朋友却撇撇嘴："反正又不是她的钱！"

忍不住多次与朋友八卦黎鸥。

朋友说，黎鸥大学就暗恋那个男的。

朋友说，那个男人与他老婆是家族联姻，不可能离婚。

朋友说，有几家公司愿出高薪聘请黎鸥去任销售经理，但是那个男人不允许，说是怕在生意场上遇到不好，省城的生意场其实也没多大。

这些信息让我感叹：恋爱中的女人果真都是傻的，当然，不傻的也不是爱情。

然而，事实并不是我小说中写的那样。

事实是，错误的爱情在让女人昏了头的同时，也让女人变得脆弱、贪婪，从而失去美丽和自我。

被包养的第三年，黎鸥得了轻微的抑郁症。白天，她是光鲜照人的美人，晚上，她变身人人厌烦的怨妇。

那时候朋友刚刚结婚，和老公背着一身因为结婚而欠下的债务租住在城乡接合部的小屋里。

晚上八九点钟，常常会接到黎鸥打来的电话，诉说她的寂寞，她的痛苦，羡慕朋友可以两人相爱相依。

再后来，电话变成了到访，夜晚黎鸥常常赖在朋友的出租屋内不肯离去，说这狭小的出租屋有着温暖和爱情，她的豪华两居室只有寂寞和冰冷。

朋友一开始耐着性子陪伴，好言劝慰，终于有一天，再也无法忍受被不断打扰的新婚，当黎鸥再次鼻涕眼泪诉说她愿意拿一切财富来换取朋友的爱情的时候，朋友怒怼："别拿爱情当幌子，是你自己要钱不要脸，别看不得别人比你有一点儿好，都是你自找的！"

友谊的小船翻个底朝天。

一年后，听说那个男人受不了黎鸥的神经质，又看上了公司新来的一个年轻女孩儿，给了黎鸥二十万（二〇〇几年20万还算得上一笔钱，可以买下省城一套100多平的房子），自此再也没有见过黎鸥。

再长的黑夜也会过去，再疼的痛终归也会消退，只看你放不放过自己。

三年前，一个二十几岁的小姑娘告诉我，她爱上一个大她16岁的男人，那男人有妻有女，这几天不见了，电话打不通，QQ被拉黑，她痛不欲生，只能给他曾经的QQ邮箱写信。

我看了那封信。

姑娘把自己的名字改为"你把我弄丢了"，信中倾诉她多么爱他，尽管知道他有妻有女，还是那么爱他，告诉他他将再也找不到今生比她更爱他的女人。

恰巧，我认识那个男人，我只得残忍地把事实告诉姑娘：妹妹，他是存心故意把你丢掉，你为爱情痛不欲生，他正在携妻逗女谈笑风生，你眼里的爱情，只不过是他的一场游戏。Game Over，努力把转身做得漂亮，下次记得擦亮眼睛。

不想骂渣男，因为明明知道是渣男还用尽全力去爱的女人又算什么呢？

记不得是在哪里看的，一个爱上有妇之夫的女孩子说爱到深处就会想给那个男人生一个孩子。

庆幸黎鸥和那个姑娘没有糊涂到要为爱的男人生一个孩子。

毕竟，为爱犯糊涂的女人，和母亲，是两个完全不同的角色。

被偏爱的有恃无恐，得不到的永远在骚动。

光明正大的爱情尚经不起岁月琐碎的打磨，何况见不得光明的畸恋？

飞蛾扑火，围观的人看到的是瞬间的灿烂夺目，飞蛾得到的只有烧焦的尸首，内心是满足还是悔恨，外人知晓与否已不重要。

若有几分可能，就愿意耗尽一生顽固地等，是伟大还是傻子？

偏偏红尘中那么多痴男怨女，每天上演着各色令人唏嘘的情感纠葛。

小说里对黎鸥的改编,是想说,如果真的逃不过情劫,那么,在最后一刻,女人,请给自己留一丝尊严。

2017 年 4 月

| 你，
    正在被世界温柔以待

唯她，许你三生三世

有幸聆听了伊夫利·吉特里斯（Ivry Gitlis）大师班优秀学生音乐会。

95岁的大师一登台，掌声潮水般涌来。

历经一个世纪，千里而来的大师对观众非常热情。银发飘飘，声若洪钟，英语说得流利又清晰，西方人特有的幽默引来阵阵笑声，使得原本庄严肃穆的音乐厅空气里瞬间跳跃起活泼轻快的因子，让人的心灵头脑仿若被清风拂过。

95岁，平常人也应该是稀有的老寿星吧？坐在阳光下晒个暖儿，"啊？什么？烧鸡？"用残存的听力努力去听清问话，时不时很认真地打个盹，引来一声欢笑或是无奈的叹息？

何止95岁，身边的老人，七十、八十老眼昏花、满口浓痰也是常态吧！

伊夫利·吉特里斯95岁，却依然活跃在舞台上，活跃在教育一线，活跃在以地球为单位的空间里。

95岁，不但可以清晰自由地使用语言，还能驾驭世界上最难的乐器让它发出醉人的声音。那优美的旋律，翻飞的弓弦，该是怎样灵活的手指，怎样迅速的大脑思维，没有到现场的朋友，没有办法感受95岁与95岁的区别带来的震撼。

2016年在国家大剧院欣赏了韩国小提琴演奏家郑京和的演出。

一袭橘色的曳地长裙，衣角随着身体伴着琴声飘荡，动情处，演奏家猛一甩头，帅到没朋友。

告诉你，舞台上闪闪发光的橘色女子已经年近古稀。

2015年在国家大剧院欣赏了以色列小提琴家帕尔曼的演奏。

残疾的演奏家坐着演出，没有潇洒的肢体动作，那犹如神赋的手指间流动出的旋律，时而清脆灵动、时而轻柔缠绵、时而愤慨激昂，每一个音符都叩击听众的心灵。

那一年，帕尔曼70岁，如今，他依旧把美妙的音乐奉献给世界各地的听众。

同样的生命周期，如果说，普通人活了一生一世。那么，这些音乐家就活了三生三世。

搞音乐的人长寿。

以75岁为长寿标准，但从比例算起，搞音乐的人中长寿者的比例，远远高过普通人中长寿者的比例。

如果说上述几位小提琴家都是国际大师，那么再来提几个中国耳熟能详的：谷建芬，1935年人，2015年还在筹备作品音乐会；盛中国，1941年人，目前依旧是各大赛事的品质保障；李谷一，1944年人，几个月前伴着《难忘今宵》登上2017年春晚舞台……

还有更普通就生活在身边的。

我认识一对南京的老夫妇，男主龚老94岁，是个指挥，身板倍儿直，声音洪亮，幽默风趣。女主刘老87岁，是个歌唱演员，爱说爱笑，微信QQ玩得很溜。儿子拉大提琴，媳妇拉小提琴，都在国外，老两口住在南京，没有保姆。

过节小聚，一群老少朋友谈笑风生。提到某个问题，龚老指着刘老笑言："她还小，年轻着呢！"

不同于电视上报道的生活在世外桃源长寿村的老人。这些音乐人和我们一样居住在城市，呼吸着一样不甚洁净的空气，吃着一样不甚安全的食品。

令他们长寿的，是音乐。

音乐使人专注、音乐使人单纯、音乐许人自我。

音乐给人自由、音乐给人憧憬、音乐让人快乐。

"我们生活的世界是不自由的，只有音乐可以自由地表达任何你想表达的一切。"——Ivry Gitlis

仅仅长寿，不过多活几年、十几年、几十年而已，哪来三生三世？

普通人，大学毕业二十二三岁，参加工作最初的几年，受经验、阅历所限，一般还处在碌碌无为的阶段。等到可以在单位、在岗位、在行业内有一定建树，30岁已是令人赞叹年轻的年龄。到过了55岁，基本上已经要被边缘化，坐等退休了。

这样算来，意气风发的职业生涯，无非二十几年。

伊夫利·吉特里斯5岁学琴，8岁举办个人音乐会；郑京和4岁学习钢琴，6岁改学小提琴，9岁在与汉城交响乐团合作演出；帕尔曼4岁残疾，10岁上电台演奏……

翻翻学习音乐，尤其是器乐的音乐人的简历，几乎全五六岁开始学习，10岁之前就开始了登台演奏，一直在舞台上活跃到八九十岁。

他们和相爱的音乐相伴的时间是七十几年、八十几年，甚至九十年。

和我们普通人二十几年的一生一世相比，是不是相当于过了

三生三世？

生命的核心是什么？

我想,是爱。

对亲人的爱,对恋人的爱,对朋友的爱,还有非常非常重要的一部分,所爱的事情。

> "你,音乐,贝多芬,小提琴,足够了。"——Ivry Gitlis

人的一生能够做自己所喜爱的事情,是巨大的幸福。

音乐人,把这种幸福发挥到了最长的长度,和挚爱相伴三生三世,想来就让人忍不住心灵颤动。

如果控制不了生命的长度,可以增加生命的宽度。

音乐,不但增加了生命的长度,更增加了生命的宽度和厚度。

一个闲来无事晒暖儿唠嗑的老年,和一个创造美妙音乐传承音乐文化的晚年,可以不论高低,但一定有厚薄之分。

音乐使人抛却了俗世名利的纷扰,一颗单纯美好的心灵在音乐世界中自由翱翔。

偏偏,这单纯,这专注,这不争,又带来了一切世人费尽心机争夺的东西。

　　音乐人是幸福的,这幸福,令人向往、令人艳慕、令人崇敬。

　　学习音乐的孩子们,你们正在一条幸福的道路上奔跑;

　　陪伴琴童的家长们,你们正在见证超凡脱俗的生命轨迹;

　　所有的心血和汗水,不要期待化成鲜花和掌声,因为它们根本就是具有神仙气质的雨露,正在滋润培育你独特的三生三世。

2017 年 6 月

> 你，
> 　正在被世界温柔以待

人生怎能永远如初见

"人生若只如初见，何事秋风悲画扇。"

初见乍惊欢。第一眼看上去就砰然心动，惊讶中带着甜蜜，欣赏中透着渴望，让人心跳，让人魂牵梦萦，那感觉，太过美妙。第一眼就能符合自己审美的事物和人，这种遇见本身就足以让人欣喜，加上不了解、不拥有，这些不确定产生的渴望、期待，激发出人性深处想尽一切办法靠近的欲望。

然而，偏偏这美妙的体验逃不过"感觉适应现象"，持续接受同一刺激物的作用，感觉阈限就会发生变化，直至对刺激物的感受性逐渐降低。

日久生厌，仿佛人性中难以逃脱的魔咒。一眼看上非买不可的风衣，第二年便觉得配不上今年的自己；一口下去惊艳的食物，连续几次之后就觉得 just so so。季羡林在《槐花》一文中也提到这个现象，当然不是从男女情事的角度。事情因一位印度朋友参观北大校园，被我们北方司空见惯的槐花树震惊而起。这一位印度朋友瞪大了的眼睛扩张到了面孔以外来了。"真好看呀！这真是奇迹！""什么奇迹呀？""你们这样的花树。""这有什么了不起呢？我们这里多得很。""多得很就不了不起了吗？"这样诘问，引发了季老的思索，"越是看惯的东西，便越是习焉不察，美丑都难看出"。

日常用品，花鸟树木尚且如此，何况男女之间的情感？人性使然。李碧华曾经写道："世上之所以有矢志不渝的爱情，忠肝义胆的气概，皆因为时间相当短暂，方支撑得了。久病床前无孝子，旷日持久不容易，一切物事之美好在于没时间变坏。"

所以，世人皆以为，时间是爱情的杀手，婚姻是爱情的坟墓，一见钟情已经不易，朝朝暮暮依然相看两不厌实属太难。

所以，诗中的姑娘幽怨：人生若只如初见。

但是，和日久生厌相对的，还有一个词——历久弥新。
经历长久的时间而更加鲜活，更加有活力，更显价值。
这仿佛和前面的论说是相矛盾的。
没错，就是矛盾的，但是，人类往往就喜欢对立统一，就热爱挑战人性，热衷于把一些不可能变为可能，并从中获得高级感。
季老毕竟是季老，"我无言以对，看来辩论下去已经毫无意义了。可是,他的话却对我起了作用:我认真注意槐花了,我仿佛第一次见到它,非常陌生,又似曾相识"。

季老马上采取了行动,开始切换视角"努力在自己的心里制造出第一次见到的幻想,我不再熟视无睹,而是尽情地欣赏"。居然得到了神奇的结果,"槐花也仿佛是得到了知己,大大小小、高高低低的洋槐,似乎在喃喃自语,又对我讲话"。"我在它身上发现了许多新的以前从来没有发现的东西。"

当新鲜消退,仍能不断去探索对方的内在,找到新的共鸣,相互欣赏,就可以经过初见乍惊欢,走入,久处亦怦然。

对物尚可如此,真正的爱情,更不是时间可以冲散的。

要想日久不厌,合适是前提。这个合适,没有固定标准,于物,是风格相符,气质相搭;于人,是三观相近,所爱相同,所以,能够一见钟情。

一见钟情那种新鲜妙不可言,却也难逃表面和肤浅,想要历久弥新,需要的是真正的深爱,是探究,是寻找,是欣赏,是懂得,是互动,是包容,是相互间都明白,日子是平淡如水的流逝,却又日日在流逝中更新着细小的不同,是相互间都懂得,"真正的发现之旅,不在于寻找新天地,而在于拥有新眼光"。

先看沈从文和张兆和。

当初沈从文第一次在胡适的办公室见到张兆和,惊为天人,从此无法自拔。靠着一封又一封文采飞扬的情书,最终抱得美人归,还以张兆和为蓝本,塑造了作品《三三》里面的女主角形象。

然而,随着时间流逝,生活一天天展现她真正的面目,沈从文遇到高青子,再一次感受到了初见乍惊欢的心动。

很多人都觉得沈从文是渣男,张兆和从一个心高气傲的大小姐下嫁给沈从文,为了家、为了生活终日操劳,最终却遭背叛。

我不想,也不敢为沈从文辩驳,但是,无论出于什么原因,张渐渐背离了沈心中描画的佳人影像,背离了沈对爱情的期待,却是事实,是沈真真切切的感受。

沈从文离世很多年后,张兆和曾写过一段话——

  从文同我相处,这一生,究竟是幸福还是不幸?得不到回答。我不理解他,不完全理解他。后来逐渐有了些理解,但是,真正懂得他的为人,懂得他一生承受的重压,是在整理编选他遗稿的现在。过去不知道的,现在知道了;过去不明白的,现在明白了。

再提我心中的白月光,完美爱情的代表钱钟书和杨绛。

1932年,在清华大学古月堂初次相见,钱钟书觉得"蔷薇细瓣浸醍醐",杨绛觉得"蔚然而深秀",两人一眼定情。

一起出国留学,一起颠沛流离,一起读书,一起创作,相守了67年。

> 你，
> 正在被世界温柔以待

钱钟书描述杨绛：绝无仅有地结合了互不相容的三种身份，朋友、情人、太太。两人之间很多珍贵的记忆，成为《围城》中的细节。

而杨绛笔下的钱钟书，笨手笨脚，永远充满童真，字里行间满满的欣赏和包容。细细去读《我们仨》，是真的可以看到平淡如水的日子里，爱情的样子，用情去创造，用眼去发掘，用心去感受。

人类需要安全感，恒久、可靠，稳定和连续，这是人根深蒂固的本能，人类也需要新奇和变化，让生命充实，充满活力，这是人不可逆转的本性。

我们要明白生命短暂而珍贵，看似云淡风轻的日子，其实充满起伏变化。

遇到对的那个人，同学习，共进步，一起坚守，做好应对平淡如水的心理准备，同时学会切换镜头，用心发现、尽心创造，上心经营，处处都有小美好、小确幸。

人生难以永远如初见，却真的可以久处亦怦然。

2022 年 5 月

你只是你，万千烟火中的一朵

令女士是绝对的女神、大女主。知名律所合伙人，除了财富、地位、美貌、身材、气质，还惨绝人寰地专业技能拉满，感觉敏锐、逻辑满分。

这样一位姐，人间清醒，对待感情不愿将就，所以一直难以动心，快乐的单身。

遇到钻石级王老五某集团总裁追求，先是派年轻女助理人面桃花暗中试探，得到否定答案后将钻石级王老五pass掉，没有一秒犹豫。

这是一位让我们普通女人感觉至清至醒，神一般存在的姐姐。

一次偶然的机会，令女士在艺术展上对着一件艺术品凝神的时刻，身后传来一个声音："小姐，这件艺术品我已经买下了。"令姐姐回头，看到了一位具有艺术家气质的中年男子，嗯，艺术家放荡不羁略带沧桑的味道,看起来的确要比商海大佬的金钱气息清新不少。

这位艺术家白先生以运输艺术品运费置换现金为借口,加了令女士微信。

此后,令女士在餐厅就餐时,收到了白先生特意给推荐的甜品。

聪明如令女士,明确接收到白先生想撩她的信号。

人间清醒的令姐姐翻看了白先生的朋友圈,确定了他的身份,嗯,是个艺术家。

令女士再次光顾艺术馆。

恰巧,白先生在。

陪逛,陪聊。

配合好皮囊的还有好口才。

令女士忍不住问:"您是从一开始就想要走艺术路线的吗?"

白先生答曰:"怎么又是这个问题。换成其他人,我是不会说的。对于令小姐,我才愿意分享。这源于我 20 年前的一次经历……"

听到这里,令女士眼神不由得一亮。

接下来,白先生讲述了一个略带伤感的爱情故事,一个男人对喜欢的女孩念念不忘的痴情故事。

完事,白先生递上手工制作的邀请函,邀请令女士下午来参加自己的作品展。

令姐姐矜持地表示，自己不一定有时间，如果有时间，一定来。

下午，脱掉职业装，换了一身飘逸的曳地阔腿裤的令女士身姿绰约地来到艺术馆。

透过玻璃门，恰好看到几位艺术爱好者，都是美女，正围着白先生。

"白先生，您是从一开始就确定要走艺术路线的吗？"一个女孩子问。

"怎么又是这个问题！换成其他人，我是不会说的。今天遇到几位，我才愿意分享。这源于我20年前的一次经历……"

令女士在门口呆立了几秒，转身，欲离去。

白先生回头看到令女士，马上追了出来。

这是电视剧《玫瑰之战》中的名场面。

爆笑之余，真的好担心令姐姐慌乱撤退中，高跟鞋踩到自己的曳地长裤而摔倒。

为啥要拿这名场面来聊呢？

因为这个情节，醍醐灌顶。

"我就是我，不一样的烟火。"

这句又雅又拽的话曾经被多少人引用。

的确，世上没有两片相同的树叶，每个人都是与众不同独一无二的。这个认知可以增加自信，增加内心的舒适感，也可以此作为特立独行的依据。

但是，在某些时刻，某些角度，残酷的现实是，无论你赤橙黄绿青蓝紫，哪个颜色，最终都不过是万千烟火中的一朵。

恋爱是女人的死穴，恋爱脑是女人的通病。

一旦心弦颤动，就容易深陷其中，觉得自己的爱情独一无二世间难寻，女性特有的奉献精神也随之膨胀，甚至于忘记了自我，模糊了底线，不在意物质的、放弃事业的、不计声名模糊身份的、乃至牺牲健康的……

一旦有了执念，便离被伤害不远。

现实中的爱情故事，让女人觉得人间值得的凤毛麟角，所托非人的却多如牛毛。

在历经无数同类的血泪教训之后，女人渐渐开始直面自己这个致命的弱点，开始了艰难又痛苦的进化之路。

不再相信男人的花言巧语，不再让自己深陷感情的泥沼，高举搞钱搞事业不婚不育的大旗，争做万事自己扛的人间清醒的女战士。

然而，清醒厉害如令女士，躲过了金的、银的、钻石的各类王老五，却躲不过一个帅气的艺术家。一抹微笑，几个眼神，一句"换成其他人，我是不会说的。对于令小姐，我才愿意分享"

立刻就相信自己是那朵不一样的烟火，就开始心动，就以为属于自己的那份独一无二的爱情来了。

不过，毕竟是令女士，只恍惚片刻，便立刻清醒。

那，是不是女人真的就应该时刻保持清醒和警惕，或者干脆远离爱情呢？

每个人的确都是独一无二的，也正因为每个人都独一无二，也就没有了差别，只有了类别。

异性恋的双方，就只有男和女。

男人相对理性、现实。

女人相对感性、理想。

对于海王来讲，每条鱼的确都不同，所以他才孜孜不倦地捕捞，但是，再怎么不同，终究都只是鱼，海王享受的是捕捞的过程，不是鱼。

清醒的判断很重要，爱人的能力更重要。

只有拥有爱人的能力，全心投入才能真正享受爱情的甜蜜美好，而爱情，真的是上帝给予生命的馈赠。

易感、易情绪化，是女性的特质，没必要非得消除干净和男性同质。不以受害者自居，不风声鹤唳，不把女性定位在受害、受骗的弱者角色，而是爱你是我的自由，不爱亦是我的自由。

特别欣赏那些无论什么年纪，遇到爱情就全心去爱，用心享受爱情带来的甜蜜美好，缘分尽了也走得大方潇洒的女人。

面对花言巧语有明辨真假的清醒，遇到缘分心动有全心投入的勇气。

清醒如令女士，亦有心动恍惚的时刻，我们凡人女孩子，遇到爱动心更是合情合理合乎人性。

爱情美好、神圣，但也要根植于现实的土壤，先明白自己只是万千烟火中的一朵，再尽情展示自己与众不同的颜色和形状。

女人要辨别、要寻找的是那朵并排绽放的烟火，不是放烟花的人。

2022 年 8 月

记忆里的烟火

不知道宇宙如何，反正在我们柴米油盐日常的认知里，所有的事物、所有的关系都有着一条固定的生命轨迹，发生、成长、成熟、衰退、消失，这几个阶段有长有短，或许也不那么界限分明，但却无法例外。所以，终究生命是一个人的修行，途中经历很多的人，很多的事，哪怕最亲、最近的人，最爱、最真的事，也都只能变成记忆中的一抹烟火……

又逢佳节至,最忆是端午

"粽子香,香厨房。艾叶香,香满堂。桃枝插在大门上,出门一望麦儿黄……"端午节的歌谣响起,勾起我儿时甜蜜的回忆。

小时候的我,最喜欢的节日不是春节,而是端午。

原因很简单,春节虽然有压岁钱和新衣服,但是还有放炮仗,那东西让我觉得恐怖,而端午节,则只有甜蜜。

因为我有一对心灵的父母,还有一位手巧的大姐姐。

大姐姐的巧手是远近闻名的,她绣的花鸟虫鱼栩栩如生,织成的帽子围巾毛衣式样新颖。家里大到门帘、冰箱搭巾、电视机套,小到枕头套、手帕无不彰显着大姐姐细腻的心思、灵巧的双手。邻里朋友,寻花样的、求刺绣的,络绎不绝。

离端午节还有一个星期,大姐姐就开始从街上买来各种香料,收集家里做被面和母亲做旗袍剩下的绸缎边料，拿出她绣花的五颜六色的丝线，那些丝线好美啊，彩虹般艳丽，泛着梦幻的光泽。那几天的放学后，我就会站在大姐姐身边，看她剪刀飞舞，绣花针穿梭，心里惊叹、羡慕，又充满期待。

端午节一大早，双眼一睁开，伴着鸟儿的欢鸣，一阵香味儿扑鼻而来，那精致的香包儿和七彩丝线编织的手绳立刻占满了我小小的心房。

那香包儿有时是心形的，有时是菱形的，有时是八角形的，上面的花朵沾着露珠，小鸟儿眨着眼睛，水果透着甜气，角上缀着的红色丝线坠儿在晨光中轻轻晃呀晃。

迫不及待穿好衣服，大姐姐弯下腰先把香包挂到我的脖子上，再拿起来放到我鼻子前，"香不香？"一边问我，一边轻轻刮一下我的鼻子。然后拉过我的手，把五彩丝线编织的手绳给我系好。

香包儿里的香气不停往鼻子里钻，惹得我的心痒酥酥的想要飞起，迫不及待要往学校跑。

那时候端午节还没有假期，现在想来，我是真心感谢那时候端午节还要上学，因为从上小学一年级开始，每年的端午节就是我放肆嘚瑟的一天，因了我精致的香包，因了大姐绝色的手艺，我可以成为同学们的焦点，享受一整天女生艳慕的眼光。

等到中午带着炫耀后满足的心情回到家里，父母亲早就准备好了端午节的午餐。

父母亲虽然工资微薄，对生活却有着自己的一套标准。

尤其父亲，对家里的卫生、对餐饮的制作有着他不可商量的要求。

父亲爱下厨，也愿意把心思花费在为家人制作一餐精美的饭食上。母亲则做活细致，哪里都可以凑合，唯独厨房和食物不行。嗒嗒嗒一阵节奏密集的脆响，手工切出的土豆丝一毫米粗细，一致到让人咋舌；手工馒头蒸出来松软筋道，成千上百的孔隙大小均匀，散发着甜甜的麦香。母亲给父亲打下手，成为最佳厨房搭档。因了他们这份勤劳这份心思，普通的食材顷刻变得格外美味。

体检的时候，面对着一片"营养不良"，我成为全班唯一一个营养良好的孩子。

遇到端午这样的节日，父亲母亲更是格外重视。

清香的粽子、松脆的馓子、喷香的麻叶儿、甜糯的糖糕……

除了这些端午必备的食物外，父母亲还会创意地为我们准备茄子宴，炸茄荚、煎茄饼、熘茄丝儿、蒸茄鱼儿……五月，正是茄子成熟的时节，合时令物美价廉的蔬菜摇身一变成了模样不同、味道各异的节日美味。

加了小磨油的白白的蒜泥和母亲自制的绛红的西瓜酱分装在白色的小碟子里等着为我们佐餐，使那些吃食显得更加诱人。一家人齐聚一堂共享美食欢乐无比。

随着生活阅历的不断丰富，我越来越感觉到，把普普通通的东西做得精精致致，美味诱人，是一种了不起的本领。而今的我，繁忙之余，无力再下厨房，每每点外卖和涵涵凑合时，就无比怀念儿时的端午节。

在那个物资匮乏的年代，亲人们用他们的智慧勤劳和满满的爱，留给我一个温情体贴、有滋有味的童年，真正地诠释了"家"的概念。

如今，我该如何还给涵涵一个这样的端午节呢？

2017 年 5 月

爸爸，生日快乐！

老爸，您要过生日了。

我不能回去陪您度过这个特别的日子。问您想要什么礼物，您说不要不要，我什么都不要，谢谢啦！

您什么都不要，还要谢谢我，那我该怎样来谢您呢？

叫了很多年老爸老妈了，最近突然只想改口回到小时候，叫爸爸妈妈。

年少的时候，不曾觉得您给予了我们什么，随着年龄的增长，一帧帧，一桩桩，众多美好的记忆反反复复重现，才发现，您给予我们陪伴，引导我们去感受亲情的美好、生活的乐趣，竟成为我生命中最温暖的记忆。

如果，想把生活做成一杯佳酿，那么，只有亲情的酒曲才能在时间的催化下将愿望实现。

你，
正在被世界温柔以待

　　直到大姐姐离开家门去求学，十几年来，我们一家五口，一直都是一日三餐相伴，餐桌上小小地聊一聊各自的见闻、诉说一下各自的想法，或者，只是讨论一下当餐饭菜的口感。每天晚上，一家五口聚在一起同追一部剧，一边看一边讨论剧情，或者一致喜爱某个演员，或对某处剧情持有不同态度。

　　逢到周末没有剧的时候，您会组织我们一起打扑克，那些年，咱们最爱打的是五十K。每次都是我负责记录分数，我拿个本子，从五个人的名字里各取一个字来，平日对长幼尊序要求严格的您，这个时刻允许我不写"爸""妈"而是写您和妈妈的名字，以示公允。在我拿本子写名字的时候，您就会准备好了奖品，最多的时候是一根被斩成五节的甘蔗，最中间的那节是第一名的，然后照此类推，最后一名是甘蔗根。一到两个钟头的酣战下来，最终的名次，还真是次次不同。我自工作以来，从无争抢之心，每每得到的回报，都只觉得是自己付出的等价，我不知道这种心态，和玩了那么多年的幼年游戏是不是相关。

　　偶尔遭遇停电，如是夏天，您会招呼一家人搬了凳子椅子坐到院子里，仰望星空，听您和妈妈讲述你们经历的过往岁月或我们三个小时候的趣事。如是冬天，您会点一盏蜡烛，依旧是五口人一起，讲故事、唱歌，《卖"我"》是您最喜欢讲的，《大海航行靠舵手》是您最喜欢唱的。

　　每顿饭，我看到的都是您和妈妈一起在厨房忙碌的身影，两个人分工明确，配合默契。您重视每个节日，喜欢仪式感。逢年过节，您必定提前几日就做起了准备，还列好每日的菜单，您会把我们不爱吃得白水煮蛋切开摆成白莲花的造型，会特意另外支起一个小灶花费一夜时间为我们做一锅小糟鱼，会在端午节和妈妈一起为我们变出一桌茄子宴。

我听到您对妈妈讲：正是收入有限，做饭更得多花些心思，顿顿不重样，才能吃得开心。夏天晒西瓜酱，冬天腌咸鸡蛋。正因为如此，在那个物质远没有今天丰富的年代，我们姐妹面色红润，营养良好，并对美食天生充满了欣赏和包容。

幼年的时候，您曾用香烟里层银色的纸给我做小丑的鼻子，教我一笔画小鸟。我和二姐放学早的时候，恰巧您下班在家，您会把我俩叫到桌前，或是猜谜语，或是您写字我们猜，常常是我俩猜中了开头，您就有本事改变结局。您曾陪我一起做手工，把咱俩一起做的孔雀摆在桌面上。三个女儿，您从没有表露出一丝一毫没有儿子的遗憾，您逗弄我们的时候，是真的开心，真心欢喜。

那时候的日子清贫，可您仍然有计划地一步步把家里变得越来越好。除了上班工作，您和妈妈利用家门外那一点点空间，养了一笼子鸡，鸡蛋除了自家吃，还拿到市场去换点儿零用，小公鸡长大了就成了一家人的滋补品，院子里四户人家，只有咱家时不时飘出炖鸡的香味儿。最最可爱的是，您给每只小母鸡起了名字，每天收回来的鸡蛋，都能分辨出是哪只鸡下的，还给它们做了考勤表，我记得最厉害的是"小红头"，一个月能下29天蛋呢！

我们的家，从四合院到楼房，每年，还都会迎来新的大物件，黑白电视换彩色，录音机、沙发，终于要把单缸洗衣机换双缸了，竟没想到，您把单缸洗衣机的洗衣捅拆卸下来，固定到洗手间的顶部，接上了水，又在底部安上了花洒，一个热得快放进去，从此，咱们告别了在公共浴池洗澡的日子。

我们常常看到您打趣妈妈，把她逗乐。您把妈妈的生日编成儿歌，让我们牢记，每年妈妈生日，您都会下厨做菜来庆祝。那个时候不觉得怎样，现在，是我记忆里最美最令人羡慕的画面。

把平淡日子过出趣味来，用心把日子过得更滋润，哪怕只是一个小小的改变，也充满了对生活的珍视，对家人努力的爱。

2018年的春节，我带着涵涵，二姐带着乐乐，和妈妈咱们三代六个人相聚在海口，十天相守的日子，一起聊天，一起享受美食，一起运动，您说这是您最开心的日子。

于我而言，又何尝不是呢？

今天，我从地铁的人流中穿过，想到两位姐姐一定围绕在您的身边，为您送上礼物和祝福，您的白发和皱纹里嵌满了知足和快乐。小时候的时光再次从记忆深处冒出来，一家人一起吃饭、一起追剧、一起游戏、一起有说不完的话，我流泪了。

此时的我，已经步入中年，独立工作并且成了一个孩子的母亲，追逐了这么多年，拥有了更多的物质，才发现，心底最渴望的、梦寐以求的日子，就是您曾经给我的生活。

　　一个普普通通的人，如果对社会做不出惊天动地的贡献，那么，努力发现生活的小趣味、小情调，努力把自己的日子过好，努力给自己的亲人温暖、快乐，这样的人生，应该就是幸福吧！

　　爸爸，谢谢您，生日快乐！

2018 年 9 月

> 你，
> 正在被世界温柔以待

年味儿拾英

2022，虎年。

中国的新年在冬天，寒冷让人更容易感知温暖。

小时候过年，就如老舍《劳动最有滋味》里写的那样："肯劳动，连过新年都更有滋味，更多乐趣。"从腊月二十三开始，就进入倒计时，父亲母亲带领着我们姐妹，哪天该做什么必须要做，打扫、采买、布置、蒸炸，一家人为了过个好年而忙碌，要把食物储备够过了初十方才踏实。临近腊月二十七八，我就陪着母亲杀鸡宰鱼，在一旁给她打下手，或跟着姐姐们和母亲一起蒸馒头。母亲蒸馒头从不将就，看似随手揪出来的剂子均匀到几乎不差毫厘，必定要一个一个手工揉搓几十遍，上笼前醒够时间。蒸出来的馒头又大又圆，光滑白亮，掰开里面布满细密均匀的气孔，咬下去暄软还有嚼劲儿，馒头皮的口感更是无法描述。几十年过去，母亲的馒头依旧是这世上最好吃的馒头，没有之一。

成年后过年，是倦鸟归巢的聚会。曾经那首《常回家看看》可谓中国年最写实的描绘。各自成家的兄弟姐妹已经不再和父母朝夕相伴，平日里各自忙碌，到了除夕拎着礼物回到父母家中，一起吃饭、谈笑，打扑克、搓麻将、看春晚是百分之八十中国家庭的传统节目。我们家也不例外，一家一个代表坐上了牌桌，其他的人忙着做饭带孩子做好后勤保障。就这么热热闹闹相守几日，再哄然散去，各自奔赴自己的小家和工作岗位。

十年前过年，赶潮流和小姐姐一起带着两个小朋友到云南旅游，一群来自四面八方的陌生人相聚在异地。导游是个风趣又努力的姑娘，气氛搞得很热烈，游伴也都因为距离和这个中国人最看重的节日而特别礼貌热情，大家沉浸在美丽的山水中，迷恋在异乡的美味里，感受着别样的温暖和趣味。

五年前过年，父母在海南做起了候鸟老人，我和姐姐便带着各自的丫头奔赴而去。父母年事已高，不宜再为了过年操劳，我们姐妹平日工作繁忙压力也大，所幸市场繁荣，餐饮、商场过节也不打烊，品尝各类美食和健身成了过年的主题。一家老小日日相守，一起吃、一起练、一起聊、一起笑，一起享受阳光、沙滩和海风。父亲说："这十几天我真是太开心了！"

今年，因为疫情，送走了涵涵我却不能离京。去年得知过年不准离京时的伤心难耐已经不在，给自己订个心仪的酒店，装上泳衣和计划里要再次精读的《瓦尔登湖》，出发、入住。在泳池里反反复复来来回回之间，呼吸逐渐平稳，思绪似乎趋于静止忘记了所有，又仿若漫天飞舞天马行空，只剩肌肤与水缠绵地亲吻；泡一杯香茗，斜靠在沙发上，和梭罗一起感受"牛蛙鸣叫，邀来黑夜，夜莺的乐音乘着吹起涟漪的风从湖上传来……"

手机响起，家人群发来视频邀请，父母、姐姐和孩子们，三地通话，一片叽叽喳喳立刻填满了房间里的每一个缝隙，海南的阳光、郑州的麻将、北京的《瓦尔登湖》，各自传递着惦念和问候。

挂了视频，微信被各路祝福填满，满屏的福字、烟花和表情包，带来了朋友、同事们的关心和祝福。

无论私信还是群，手机告诉你，随便你采用什么形式过年，你都不会是一个人。

曾经觉得，必须要把每个仪式做足才有年味儿；曾经认为，必须要守在一起才是过年。现如今，用一颗浏览的心，看待过年，一切的形与神、得与失、过往与现在，都是风景与风情，都有其特有的年味儿。

2022 年 2 月

她和她和她

她

中年少女,努力工作之余,码字,看书,画画。

她爱花,雪柳枯枝上乍放的米粒样的小白花,会引发她的一阵惊喜,马醉木上一串晶莹剔透的白色小铃铛,她会趁着绿色的叶子拍下来分享,马蹄莲是她的最爱,白色百合更是她餐桌上的常客。

最近,工作台上放置了一瓶铃兰,白色铃兰里混了几支粉色,如梦似幻,她喜欢得紧,跟朋友说,"苏轼说宁可食无肉,不可居无竹,我没竹,但可以有花"。

她还爱咖啡、爱电影,爱待在家里收拾小屋子,但是,因为疫情,看电影成了奢求。

她

小提琴专业的初中女生,琴龄占了年龄的三分之二。

一头短发,崇拜的对象是贝爷,讨厌走路,爱骑单车,她笑称一辆捷安特山地车已经长在了身上,向往将来定居瑞士,组个四重奏,朋友、音乐、美景、美食、宠物,就是最理想的美好生活。

她疾恶如仇,曾经一次看到一个男人打女人,便要冲上去揍那个男人,却被爱咖啡的她拉住,告诉她遇到这种事情应该做的是报警。

她运动天赋不错,游泳、攀岩、打羽毛球,可是,因为疫情,家里蹲太久,她感到自己越来越懒,在放纵和自律之间持续挣扎。

她自诩为"四脚吞金兽",却也安心享受爱咖啡的她为她提供的一切,她说,她的儿童节要过到21岁,爱咖啡的她说,行。

她

芳龄7岁,在狗狗中算是中年了。

她身材娇小比例超级好,还有一双特别漂亮的眼睛,一片水汪汪的乌黑,有疑问的时候歪着毛茸茸的小脑袋,眼睛里都是问号。感受到陌生的危险气息时,她便使尽全力大声叫唤,只是那声音里透露出一股子外强中干、色厉内荏的味道。

她爱撒娇，会演戏。爱咖啡的她一进家门，她就一路小跑过去摇尾巴、伸出一只小爪爪要摸摸，各种示爱；犯了错误，拉小提琴的她一张嘴，她便耷拉下耳朵，夹起尾巴，眼神怯怯，顺着墙边偷偷往窝里溜。

她和她都说她是戏精。

她爱她、爱她

拉小提琴的她练琴的时候，戏精她从不缺席。她拉小提琴，她就端坐在谱架脚边，随着琴声歌唱，不再是单一直白的"汪汪汪"，而是时而低沉婉转，时而高亢豪放，仿若要唱尽狗生冷暖；她练习钢琴，她就趴在琴凳脚边，侧耳聆听，随着琴声潺潺，听得入了迷，慢慢把两只前脚交叉，毛茸茸的小脑袋懒懒地靠在脚上陷入思索狗生。

爱咖啡的她每每看到这样的画面，便忍不住笑意浮上嘴角。

晚上，爱咖啡的她劳作结束坐下来开始码字，戏精她就会悄悄跟进来，匍匐在她的工作台下，舔舔自己的毛，发发呆，或者在她嗒嗒嗒键盘的敲击声中缓缓闭上眼睛。

爱咖啡的她负责挣钱养家做家务，拉小提琴的她负责学习练琴，戏精她负责在爱咖啡的她和拉小提琴的她偷懒都不愿意出门的时候,自己下楼,溜完自己再上楼回家用小爪爪敲门。

拉小提琴的她望着戏精她说:"狗狗的寿命太短了,想到她老去的那天我就好难过。"爱咖啡的她说:"都会有这么一天,最好的爱是珍惜当下,有一天我也会离你而去,你那么疼爱她,为什么还会偶尔对我犯浑呢?"拉小提琴的她说:"总感觉她会很快,你还有很多时间和我在一起啊!"

陪伴是最长情的告白,她爱她和她。

2022 年 6 月

泡坛子的日子

一回头，10年了。

2012年下半年，我开始经历人生最糟糕的日子，望着五岁的女儿稚嫩的小脸，常常睁着眼睛到天亮，再顶着脸上无法遮掩的伤痕去上班，在同事讳莫如深的眼神中佯装若无其事。

雪上加霜，我又患上神经性皮炎，两只胳膊和后腰奇痒无比，没日没夜。医生说回去吧，给你开了药也是治标不治本，而且，药含激素，不能长期使用，啥时候你心里放下了，啥时候症状自己就消失了。

为了不让自己在痛苦折磨中沉沦，我决定自救。

我想起儿时的梦想，想起为了生存丢掉的爱好。我决定把身边听到的、见到的女性朋友的经历进行改编，写成小说，让文字填满我工作之余的时间，用逻辑构思转移我总是想要陷入伤痛的情绪。

2013年年初,在天涯混了十几天后,我偶尔逛到了搜狐社区,发现社区的版块分门别类,不同的兴趣爱好、年龄都可以找到属于自己的阵地。于是,我把天涯的连载搬到搜狐来,在一个名为70年代的论坛开始发稿。

第二天,我依旧天涯更完来到搜狐,却发现昨天的文章下一串留言,有问好的,有讨论情节的,有讲述感受的。

读研的时候,每次师生聚餐,导师都要强调"人是有感情的"。那时打小清高的我对这句话不以为然。此刻的我,认真看每一条,并被那些留言牵动神经。有一条留言写道:"看着看着,我哭了。"

我的创作热情被激发,每天一有时间就勤勤恳恳更新。

在留言里,我渐渐发现了几个每天都会出现的身影。草原、兰思、小鱼儿、落落、渭城小雨……

在更新的同时,我开始回复留言,和读者互动。

我发现我的帖子在社区里被置了顶,被加了精华。

逐渐的,我了解了社区的规则,知道了兰思、小鱼儿是"斑竹",草原、渭城小雨是资深的网民,知道为了论坛的繁荣、为了志趣相投的虚拟世界的朋友们这个心灵的归处,他们花费了很多心思。

《女人花》写完,我回过头再看这九个女性的故事,才发现最初的几篇，是那么稚嫩，在线更，是那么粗糙。

如果不是他们对我这个新人的包容和支持，我不可能这么一路坚持下来。

我追忆起儿时的生活，开始着手创作一个中篇。

创作《哭砂》的时候，我改为线下写好，自己审过再复制到论坛里发表，逻辑和文字顺畅了不少。

三万字的《哭砂》更完，我紧接着开始创作人物关系更为复杂的《何必在乎我是谁》。

不知不觉，我来到搜狐已经快一年，我惊奇地发现，我的失眠有了很大改观，胳膊和腰间的皮肤光滑如初，我已经忘记上次抓挠是哪一天。

《何必》更至一半，兰思私信我，说搜狐社区一年一度的"十大写手"大赛开始了，几位"斑竹"决定推荐我代表70年代参赛。就拿《哭砂》和《何必》参加网评。

我上去看了一下比赛规则，还挺复杂，初赛、复赛、决赛三道关，初赛、复赛根据网络投票排名晋级，决赛是命题作文，在限定的时间内完成，必须原创。

搜狐社区有两千多个论坛，70年代相对而言是个小论坛，本来嘛，冲浪的主力永远都是更年轻的人。

我同意参赛，无他，只是为了给我展示机会的平台，为了这些日子来日夜陪伴我的素未谋面却倍感亲切的朋友们。

比赛开始，兰思、草原他们几个每天在论坛里提醒大家去投票，号召大家去转发。

我颇为内疚，作为参赛者，我对宣传拉票没有做任何贡献。我的写作是业余的，更是隐匿的。

清高的我并不能真的完全脱俗，自己不拉票不转发，却每天会登录上去查看战况，时不时，还会有点儿小忐忑。

没想到，《哭砂》和《何必》一路杀出重围，最终网络投票排名一个第一、一个第四。

说心里话我自己偏爱《何必》，觉得无论人物塑造、情节铺设还是语言描述，都相对更为完整顺畅相对巧妙。无奈《哭砂》诞生在前，《何必》篇幅又略长。

进入决赛，命题是《花开不止在春天》。

在限定时间提交之后，我上去认真拜读了其他入围作者的作品。

此刻我的心情平静如水，在内心深处，只要进了决赛，就算对70年代，对兰思他们有了交代。

一边读，一边感叹，高手在民间。

好几篇作品构思奇特，语言华丽，立意新奇。

我深刻地感受到了自己的局限，眼界的局限、知识储备的局限。加之一直以来人淡如菊，自幼阅读也多限于平淡之中见真章的作品类型，然而却没学到真章，只学到了平淡。

不晓得决赛的评审规则是怎么样的，又是哪些评委评定的，最终结果公布，2014年搜狐社区"十大写手"名单出炉，我排在第一个。

坛子里高兴了好一阵子，我自己也开心了许久。同时，我的生活也在发生变化，决定陪着女儿追梦，收拾行囊北上，去接受全新的生活和挑战。

到了北京，生活、工作压力骤然增大，我没有大块的时间再写小说，但依然会偶尔写点儿杂文发在坛子里，依旧是常常被置顶、加精，或者被推荐上墙，成为我繁忙生活中最有效的治愈品。

2017年，搜狐决定停止社区运营。无论有多少人多么不舍，历史总是以他自己的姿态决绝地向前。

时间在流逝，我常常会午夜梦回在搜狐混坛子，和几位斑竹、读者细细沟通交流的情景。所谓人间值得，应该就是有很多事情值得认真去做、很多人值得好好珍惜，即便在至暗时刻，也会有那么一件事、一个人，成为引导你走出黑暗的灯火。

2022年9月